DIE WEISSEN VÖGEL

rororo

Rosamunde Pilcher

# DIE WEISSEN VÖGEL

ERZÄHLUNGEN

Deutsch von Margarete Längsfeld

Rowohlt Taschenbuch Verlag

Veröffentlicht im Rowohlt Taschenbuch
Verlag GmbH, Reinbek bei Hamburg,
Januar 2001
Die Erzählungen der vorliegenden
Ausgabe wurden dem Band
«Das blaue Zimmer» entnommen
Copyright © 1994 by Rowohlt Verlag GmbH,
Reinbek bei Hamburg
Copyright © 1982 by Rosamunde Pilcher
Umschlaggestaltung B. Hanke / C. Schmidt
(Foto: Image Bank)
Satz Minion PostScript (PageOne)
Gesamtherstellung Clausen & Bosse, Leck
Printed in Germany
ISBN 3 499 22976 5

# INHALT

Die weißen Vögel
**7**

Der Baum
**35**

Das Haus auf dem Hügel
**68**

# DIE WEISSEN VÖGEL

Als Eve Douglas im Garten die letzten Rosen schnitt, bevor der Frost einsetzte, hörte sie im Haus das Telefon klingeln. Sie eilte nicht sogleich hinein, denn es war Montag, und Mrs. Abney war da, die wie verrückt mit dem Staubsauger herumfuhrwerkte und im ganzen Haus den Geruch von Möbelpolitur verströmte. Mrs. Abney ging gern ans Telefon, und wie zu erwarten, wurde kurz darauf das Wohnzimmerfenster aufgerissen, und Mrs. Abney winkte mit einem gelben Staubtuch, um Eve auf sich aufmerksam zu machen.

«Mrs. Douglas! Telefon!»

«Ich komme.»

Den dornigen Strauß in der einen Hand und die Gartenschere in der anderen, überquerte Eve das laubbestreute Gras, zog ihre schmutzigen Stiefel aus und ging ins Haus.

«Ich glaub, es ist Ihr Schwiegersohn in Schottland.»

Eves Herz tat einen kleinen Ruck. Sie legte Blumen und Gartenschere auf die Dielenkommode und ging ins Wohnzimmer. Die Möbel waren verrückt, die Vorhänge über Stühle drapiert, um das Bohnern des Fußbodens zu erleichtern. Das Telefon stand auf dem Schreibtisch. Sie nahm den Hörer auf.

«David?»

«Eve.»

«Ja?»

«Eve ... Jane ist ...»

«Was ist passiert?»

«Nichts ist passiert. Bloß, heute Nacht dachten wir, das Baby käme ... und dann hörten die Schmerzen wieder auf. Aber heute Morgen war der Arzt da, und ihr Blutdruck war ein bisschen hoch, da hat er sie ins Krankenhaus gebracht ...»

Er brach ab. Nach einer kleinen Weile sagte Eve: «Aber das Baby ist erst in einem Monat fällig.»

«Ich weiß. Das ist es ja eben.»

«Soll ich kommen?»

«Kannst du?»

«Ja.» Ihre Gedanken flogen voraus, überprüften den Inhalt der Tiefkühltruhe, sagten Verabredungen ab, überlegten, wie sie Walter allein lassen könnte. «Ja, natürlich. Ich nehme den Zug um halb sechs. Dann müsste ich gegen Viertel vor acht bei euch sein.»

«Ich hole dich am Bahnhof ab. Du bist ein Engel.»

«Geht's Jamie gut?»

«Ja. Nessie Cooper passt auf ihn auf. Sie wird sich um ihn kümmern, bis du hier bist.»

«Bis dann.»

«Tut mir Leid, dass ich dich damit behellige.»

«Ist schon in Ordnung. Grüß Jane von mir. Und, David ...» Noch während sie es sagte, wusste sie, dass es lächerlich war, «... mach dir keine Sorgen.»

Langsam legte sie den Hörer auf. Sie sah Mrs. Abney an, die in der Tür stand. Mrs. Abneys heitere Miene war verschwunden, sie hatte einer Besorgnis Platz gemacht, die sich in Eves Gesichtsausdruck widerspiegelte. Sie bedurften keiner Worte oder Erklärungen. Sie waren alte Freundinnen. Mrs. Abney arbeitete seit über zwanzig Jahren bei Eve. Mrs. Abney hatte Jane aufwachsen sehen, sie war in einem türkisfarbenen Kostüm mit passender Kappe zu Janes Hochzeit gekommen. Als Jamie geboren wurde, hatte Mrs. Abney ihm eine blaue Decke für seinen Kinderwagen gestrickt. Sie gehörte in jeder Hinsicht zur Familie.

Sie sagte: «Es ist doch nichts schief gegangen?»

«Sie glauben, das Baby ist unterwegs. Es ist einen Monat zu früh.»

«Sie müssen hin.»

«Ja», sagte Eve matt.

Sie hatte ohnehin fahren wollen, hatte alles für nächsten Monat geplant. Walters Schwester sollte aus Südengland kommen, um ihm Gesellschaft zu leisten und für ihn zu kochen, aber es stand außer Frage, dass sie jetzt kam, so kurzfristig.

Mrs. Abney sagte: «Seien Sie unbesorgt wegen Mr. Douglas. Ich kümmere mich um ihn.»

«Aber Mrs. Abney, Sie haben schon genug zu tun – Ihre Familie ...»

«Wenn ich's morgens nicht schaffe, komm ich nachmittags auf 'nen Sprung vorbei.»

«Sein Frühstück kann er sich selber machen ...» Aber irgendwie verschlimmerte das die Situation, als sei der arme Walter zu nichts anderem fähig, als sich ein Ei zu kochen. Doch darum ging es nicht, und das wusste Mrs. Abney. Walter musste den Hof bewirtschaften; er arbeitete von sechs Uhr früh bis Sonnenuntergang oder noch länger im Freien. Er brauchte, bekam und vertilgte Mahlzeiten in riesigen Portionen, denn er war ein großer Mann und ein schwer arbeitender noch dazu. Er benötigte tatsächlich viel Fürsorge.

«Ich – ich weiß nicht, wie lange ich weg sein werde.»

«Hauptsache», sagte Mrs. Abney, «Jane geht es gut und dem Baby auch. Da gehören Sie jetzt hin.»

«Ach, Mrs. Abney, was würde ich ohne Sie anfangen?»

«Eine Menge, denk ich», sagte Mrs. Abney, die als waschechte Einwohnerin von Northumberland nichts davon hielt, Gefühle zu zeigen. «Und wie wär's, wenn ich uns jetzt einen schönen heißen Tee mache?»

Der Tee war eine gute Idee. Während sie ihn trank, stellte Eve Listen auf. Als sie fertig getrunken hatte, holte sie den Wagen heraus, fuhr das kurze Stück zur nächsten Stadt, ging in den Supermarkt und kaufte einen Vorrat an allen Lebensmitteln, die Walter notfalls selbst zubereiten konnte. Suppendosen, Quiches, Tiefkühlpasteten, tiefgefrorenes Gemüse. Sie kaufte Brot, Butter, pfundweise Käse. Eier und Milch lieferte der Hof selbst, aber der Metzger packte Koteletts, Steaks und Würste ein, suchte Fleischreste und Knochen für die Hunde zusammen, versprach, einen Lieferwagen zum Hof zu schicken, falls es sich als notwendig erweisen sollte.

«Fahren Sie weg?», fragte er, während er mit seinem Hackmesser einen Markknochen zerschlug.

«Ja. Bloß nach Schottland zu meiner Tochter.» Der Laden war voll, und sie sagte nicht, warum sie hinfuhr.

«Das wird eine nette Abwechslung.»

«Ja», sagte Eve matt. «Ja, sehr nett.»

Sie fuhr nach Hause. Walter, der früh hereingekommen war, saß am Küchentisch und verzehrte, was Mrs. Abney ihm in den Backofen des Elektroherdes gestellt hatte, Braten, Kartoffeln und mit Käse überbackenen Blumenkohl. Er hatte seine alte Arbeitskleidung an und sah aus, wie ein Landwirt eben aussieht. Vor langer Zeit hatte er in der Armee gedient; als Eve ihn heiratete, war er ein groß gewachsener, schneidiger Hauptmann gewesen, und sie hatten eine traditionelle Hochzeit gehabt, Eve in wallendem Weiß, und als sie aus der Kirche traten, erwartete sie ein Bogengang aus Schwertern. Es folgten Versetzungen nach Deutschland, Hongkong und Warminster, immer wohnten sie in Unterkünften für Eheleute, hatten nie ein eigenes Heim. Und dann wurde Jane geboren, und bald danach verkündete Walters Vater, der sein Leben als Bauer in Northumberland verbracht hatte, er habe nicht die Absicht, in den Sielen zu sterben, und was Walter da zu tun gedenke?

Eve und Walter trafen die schwerwiegende Entscheidung gemeinsam. Walter nahm Abschied von der Armee, besuchte zwei Jahre eine Landwirtschaftsschule und übernahm dann den Hof. Keiner von ihnen hatte diese Entscheidung je bereut, aber die schwere körperliche Arbeit hatte bei Walter ihre Spuren hinterlassen. Er war jetzt fünfundfünfzig, sein dichtes Haar ergraut, sein gebräuntes Gesicht von Falten durchzogen; in den Poren seiner Hände hatte sich Maschinenöl festgesetzt.

Er sah auf, als sie mit ihrer Last voll beladener Körbe erschien. «Hallo, Liebling.»

Sie setzte sich ans andere Ende des Tisches, ohne ihren Mantel auszuziehen. «Hast du Mrs. Abney gesehen?»

«Nein, sie war schon weg, als ich hereinkam.»

«Ich muss nach Schottland.»

Ihre Augen trafen sich. «Jane?», fragte Walter.

«Ja.»

Die plötzliche Angst schien ihn sichtbar zu verzehren, ihn erschreckend zu verkleinern. Es drängte sie impulsiv, ihn zu trösten. Sie sagte rasch: «Mach dir keine Sorgen. Das Baby kommt bloß ein bisschen zu früh, das ist alles.»

«Geht es ihr gut?»

In nüchternem Ton erklärte Eve, was David ihr gesagt hatte. «So was kommt vor. Aber sie ist im Krankenhaus. Ich bin sicher, sie ist in allerbesten Händen.»

Walter sprach aus, was Eve seit Davids Anruf zu verdrängen versucht hatte. «Sie war so krank, als Jamie geboren wurde.»

«O Walter, nicht ...»

«Früher würde man ihr gesagt haben, sie darf kein Kind mehr bekommen.»

«Heute ist das anders. Die Ärzte sind so tüchtig —» Sie fuhr unsicher fort, bemüht, nicht nur ihren Mann, sondern auch sich selbst zu beruhigen: «Du weißt schon, Ultraschall und so ...» Er wirkte nicht überzeugt. «Außerdem wollte sie noch ein Kind.»

«Wir wollten auch noch ein Kind, aber wir haben nur Jane.»

«Ja, ich weiß.» Sie stand auf, um ihn zu küssen, und legte ihre Arme um seinen Hals, vergrub ihr Gesicht in seinen Haaren. Sie sagte: «Mrs. Abney wird sich um dich kümmern.»

Er sagte: «Ich sollte mit dir fahren.»

«Liebling, das geht nicht. David versteht das, er ist selbst Landwirt. Jane versteht es auch. Mach dir deswegen keine Gedanken.»

«Es ist mir nicht recht, dass du allein fahren musst.»

«Ich bin nicht allein. Ich bin nie allein, solange ich dich irgendwo weiß, und sei es in hundertfünfzig Kilometer Entfernung.» Er hob ihr sein Gesicht entgegen, und sie lächelte ihn an.

«Wäre sie so gut gelungen», fragte Walter, «wenn sie kein Einzelkind gewesen wäre?»

«Aber sicher. Es gibt keinen anderen Menschen, der so gelungen ist wie Jane.»

Als Walter hinausgegangen war, packte Eve die Einkäufe weg, stellte für Mrs. Abney eine Liste auf, räumte die Tiefkühltruhe ein, spülte das Geschirr. Sie ging nach oben, packte einen Koffer, aber als alles erledigt war, war es erst halb drei. Sie ging die Treppe hinunter, zog Mantel und Stiefel an und pfiff nach den Hunden, dann spazierte sie über die Felder zur kalten Nordsee, an den kleinen sichelförmigen Strand, den sie von jeher als ihr Eigentum betrachteten.

Sie hatten jetzt Oktober, es war still und kalt. Der Herbst hatte die Bäume bernsteingelb und golden gefärbt, der Himmel war bedeckt, die See stahlgrau. Es war Ebbe, der Sand lag glatt und rein wie ein frisch gewaschenes Bettlaken. Die Hunde tollten voraus, ihre Pfoten hinterließen Spuren im Sand. Eve folgte hinterdrein, der Wind blies ihr die Haare ins Gesicht und pfiff in ihren Ohren.

Sie dachte an Jane. Nicht an die Jane, die jetzt in einem fremden Krankenhausbett lag und darauf wartete, dass Gott weiß was geschah. Sondern an Jane als kleines Mädchen, Jane als Heranwachsende, Jane als Erwachsene. Jane mit ihren wirren braunen Haaren, ihren blauen Augen und ihrem Lachen. Die kleine, emsige Jane, die auf der alten Nähmaschine ihrer Mutter Puppenkleider nähte, ihr kleines Pony striegelte, an nassen Winternachmittagen in der Küche Rosinenbrötchen buk. Sie dachte an Jane als langbeiniger Teenager, als sie ihre Freundinnen mit nach Hause brachte und das

Telefon pausenlos klingelte. Jane hatte all die leichtsinnigen, entnervenden Dinge getan, die alle Teenager tun, aber sie selbst war nie entnervend gewesen. Sie war nie aufsässig, nie mürrisch, und dank ihrer natürlichen Freundlichkeit und Lebhaftigkeit war sie nie ohne Begleitung des einen oder anderen Verehrers gewesen.

«Eh du dich versiehst, bist du verheiratet», hatte Mrs. Abney sie immer geneckt, aber Jane hatte da ihre eigenen Vorstellungen.

«Ich heirate frühestens mit dreißig. Ich heirate erst, wenn ich für alles andere zu alt bin.»

Aber als sie einundzwanzig war, hatte sie ein Wochenende in Schottland verbracht und sich Hals über Kopf in David Murchinson verliebt, und alsbald sah sich Eve in Hochzeitsvorbereitungen vertieft; sie maß aus, wie das Zelt auf den Rasen passte, und durchstöberte die Geschäfte von Newcastle nach einem geeigneten Hochzeitskleid.

«Dass du einen Bauern heiratest!», wunderte sich Mrs. Abney. «Man sollte meinen, nachdem du auf einem Hof aufgewachsen bist, hättest du die Nase voll vom Landleben.»

«Ich nicht», sagte Jane. «Ich springe von einem Misthaufen in den anderen!»

Sie war nie krank gewesen, aber als Jamie vor vier Jahren geboren wurde, war sie schwer krank, und das Baby musste zwei Monate auf die Intensivstation, bevor es nach Hause durfte. Eve war die ganze Zeit in Schottland geblieben, um sich des kleinen Haushalts anzunehmen, und es hatte so lange gedauert, bis Jane genesen und wieder zu Kräften gekommen war, dass Eve im Stillen betete, sie würde kein Kind mehr bekommen. Aber Jane war anderer Meinung.

«Ich will nicht, dass Jamie ein Einzelkind ist. Nicht, dass ich es nicht genossen hätte, euer einziges Kind zu sein, aber es ist bestimmt lustiger, Geschwister zu haben. Außerdem wünscht David sich noch ein Kind.»

«Aber Liebling ...»

«Ach, es wird schon klappen. Reg dich nicht auf, Mama. Ich bin stark wie ein Pferd, nur meine Innereien wollen nicht immer so wie ich. Es sind ja nur ein paar Monate, und dann hat man für den Rest seines Lebens etwas Wunderbares.»

Für den Rest seines Lebens. Den Rest von Janes Leben. Auf einmal wurde Eve von eiskalter Panik gepackt. Zwei Zeilen eines Gedichtes, das sie einmal gelesen hatte, entstiegen ihrem Unterbewusstsein und dröhnten wie Trommelschläge in ihrem Kopf:

> Unaufhörliches Blühen
> über meiner verwesenden Tochter ...

Sie schauderte, fröstelnd bis ins Mark, innerlich und äußerlich von Kälte befallen. Sie war jetzt in der Mitte des Strandes, wo ein Felsen, der bei Flut nicht zu sehen war, aufragte, von der See verlassen wie ein gestrandeter Koloss. Er war mit Napfschnecken überkrustet, hatte Fransen aus grünem Tang, und auf ihm saßen zwei perläugige Silbermöwen und schrien trotzig gegen den Wind an.

Sie blieb stehen und beobachtete sie. Weiße Vögel. Aus irgendeinem Grunde hatten weiße Vögel in ihrem Leben immer eine wichtige, ja schicksalhafte Rolle gespielt. Sie hatte die Möwen schon als Kind geliebt, in den Sommerferien am Meer, wenn sie am blauen Himmel segelten, und jedes Mal rief ihr Schrei jene endlosen, müßigen, sonnigen Tage zurück.

Und dann die Wildgänse, die im Winter Davids und Janes Hof in Schottland überflogen. Morgens und abends zogen die großen Verbände am Himmel entlang, glitten hinab, um sich in dem schilfigen Watt an den Ufern des weiten Meeresarmes niederzulassen, der an Davids Land grenzte.

Und Pfauentauben. Eve und Walter hatten ihre Flitterwochen in einem kleinen Hotel in der Provence verbracht. Ihr Fenster hatte auf einen mit Kopfsteinen gepflasterten Hof mit einem Taubenschlag in der Mitte hinausgesehen, und die Pfauentauben hatten sie jeden Morgen mit ihrem Gurren und Flattern und ihren Sturzflügen geweckt. Am letzten Tag ihrer Hochzeitsreise waren sie einkaufen gegangen, und Walter hatte ihr ein Paar Pfauentauben aus weißem Porzellan gekauft, die heute noch den Kaminsims im Wohnzimmer schmückten. Sie gehörten zu Eves kostbarstem Besitz.

Weiße Vögel. Im Krieg, als sie ein Kind war, war ihr älterer Bruder als vermisst gemeldet gewesen. Angst und Sorge hatten sich im Haus ausgebreitet und jegliche Geborgenheit zunichte gemacht. Bis zu dem Morgen, als sie aus ihrem Schlafzimmerfenster die Möwe auf dem Dach des Hauses gegenüber sitzen sah. Es war Winter, und die Sonne war soeben wie ein scharlachroter Feuerball am Himmel aufgestiegen, und als die Möwe plötzlich aufflog, sah Eve die Unterseite der Schwingen rosig gefleckt. Das unerwartete Entzücken über diese wunderbare Schönheit gab ihr ein tröstliches Gefühl. Da wusste sie, dass ihr Bruder lebte, und als ihre Eltern eine Woche später erfuhren, dass er heil und gesund war, wenngleich in Kriegsgefangenschaft, konnten sie nicht verstehen, warum Eve die Nachricht so gelassen aufnahm. Aber von der Möwe erzählte sie ihnen nichts.

Und diese Möwen hier...? Sie hatten Eve nichts zu geben, spendeten keine Zuversicht. Sie wandten die Köpfe, blickten suchend auf den leeren Sand, erspähten in der Ferne einige Bröckchen essbaren Abfalls, schrien, breiteten ihre schneeweißen Schwingen aus und segelten kreisend auf den Armen des Windes von dannen.

Sie seufzte, sah auf ihre Uhr. Es war Zeit, umzukehren. Sie pfiff nach den Hunden und trat den langen Heimweg an.

Es war beinahe dunkel, als der Zug in den Bahnhof einfuhr, aber sie sah ihren groß gewachsenen Schwiegersohn, der sie auf dem Bahnsteig erwartete. Er stand unter einer Lampe, in einer alten Arbeitsjacke, den Kragen zum Schutz vor dem Wind hoch geschlagen. Eve verließ den warmen Zug und spürte den Wind, der auf diesem Bahnhof stets schneidend blies, sogar mitten im Sommer.

Ihr Schwiegersohn trat zu ihr. «Eve.» Sie gaben sich einen Kuss. Seine Wange war eiskalt, und Eve fand, er sah schrecklich aus, dünner denn je, ohne jede Farbe im Gesicht. Er nahm ihren Koffer. «Ist das dein ganzes Gepäck?»

«Ja, das ist alles.»

Schweigend gingen sie den Bahnsteig entlang, die Treppe hinauf und auf den Platz hinaus, wo sein Wagen wartete. Er warf den Koffer in den Kofferraum, öffnete die Beifahrertür. Erst als sie auf der Landstraße waren, wappnete Eve sich für die Frage: «Wie geht es Jane?»

«Ich weiß es nicht. Niemand will etwas Bestimmtes sagen. Ihr Blutdruck ist gestiegen, damit hat alles angefangen.»

«Kann ich sie sehen?»

«Frühestens heute Abend, hat die Schwester gesagt. Vielleicht morgen früh.»

Es gab nicht mehr viel zu sagen. «Und was macht Jamie?»

«Ihm geht's gut. Nessie Cooper hat sich sehr lieb um ihn gekümmert, zusammen mit ihrer eigenen Horde.» Nessie war mit Tom Cooper verheiratet, Davids Vorarbeiter. «Er freut sich auf dich.»

«Ein lieber kleiner Junge.» Im Dunkel des Wagens rang sie sich ein Lächeln ab. Ihr Gesicht fühlte sich an, als hätte es seit Jahren nicht gelächelt, aber um Jamies willen war es wichtig, heiter und gelassen zu wirken, einerlei, was für Schreckensvorstellungen ihr durch den Kopf gingen.

Als sie ankamen, saßen Jamie und Mrs. Cooper im Wohnzimmer beim Fernsehen. Jamie hatte seinen Bademantel an und trank Kakao, aber als er die Stimme seines Vaters hörte, stellte er den Becher hin und ging ihnen in der Diele entgegen, teils, weil er Eve gern hatte und sich auf das Wiedersehen freute, und teils, weil er sich ziemlich sicher war, dass sie ihm etwas mitgebracht hatte.

«Hallo, Jamie.» Sie gaben sich einen Kuss. Jamie roch nach Seife.

«Granny, ich hab heute bei Charlie Cooper Mittag gegessen, er ist sechs und hat schon Fußballstiefel.»

«Grundgütiger Himmel! Mit richtigen Stollen?»

«Ja, genau wie die Großen, und er hat einen Fußball und lässt mich mit ihm spielen, und ich kann schon fast einen Dropkick.»

«Da kannst du mehr als ich», meinte Eve.

Sie setzte ihren Hut ab, und während sie ihren Mantel aufknöpfte, kam Mrs. Cooper aus dem Wohnzimmer und nahm ihren eigenen Mantel von dem Stuhl in der Diele.

«Nett, dass man sich mal wieder sieht, Mrs. Douglas.»

Sie war eine adrette, schlanke Frau und sah viel zu jung aus für eine Mutter von vier Kindern – oder waren es fünf? Eve hatte die Übersicht verloren.

«Ja, finde ich auch, Mrs. Cooper. Es war so lieb von Ihnen, auf Jamie aufzupassen. Und wer kümmert sich um Ihre Bande?»

«Tom. Aber das Baby kriegt einen Zahn, drum muss ich jetzt nach Hause.»

«Ich kann Ihnen nicht genug danken für alles.»

«Keine Ursache: Ich ... ich hoffe nur, dass alles gut geht.»

«Bestimmt.»

«Ich finde es so ungerecht. Ich kriege Kinder

ohne Probleme. Eins nach dem anderen, mühelos wie eine Katze, sagt Tom immer. Dagegen Mrs. Murchinson ... also ich weiß nicht. Ich finde es ungerecht.» Sie zog ihren Mantel an und knöpfte ihn zu. «Ich komm morgen vorbei und helf Ihnen, wenn's Ihnen recht ist, und wenn Sie nichts dagegen haben, dass ich den Kleinen mitbringe. Er kann in der Küche im Kinderwagen sitzen.»

«Es ist mir sehr recht, wenn Sie kommen.»

«Macht das Warten leichter», sagte Mrs. Cooper. «Es hilft, wenn man wen zum Reden hat.»

Als sie fort war, gingen Eve und Jamie in Eves Zimmer hinauf, und sie öffnete ihren Koffer und gab Jamie sein Geschenk, einen John-Deere-Modelltraktor, und Jamie erklärte höflich, genau so einen habe er sich gewünscht, woher sie das gewusst habe? Nachdem er den Traktor in Besitz genommen hatte, ging er selig schlafen. Er gab Eve einen Gutenachtkuss, dann ließ er sich von seinem Vater die Zähne putzen und ins Bett bringen. Eve packte aus, wusch sich die Hände, zog andere Schuhe an und kämmte sich; dann ging sie hinunter, und sie und David nahmen einen Drink. Sie begab sich in die Küche und richtete ein kleines Abendessen an, das sie vom Tablett am Feuer aßen. Nach dem Essen fuhr David ins Krankenhaus, und Eve spülte das Geschirr. Danach rief sie Walter an, und sie unterhielten sich ein bisschen, aber eigentlich gab es nicht viel zu sagen. Sie blieb auf, bis David zurückkam, aber er brachte keine Neuigkeiten mit.

«Sie rufen an, wenn es losgeht», sagte er. «Ich will bei ihr sein. Ich war bei ihr, als Jamie geboren wurde.»

«Ich weiß.» Eve lächelte. «Sie meinte, ohne dich hätte sie Jamie nie auf die Welt gebracht. Und ich habe ihr gesagt, sie hätte es vermutlich auch allein geschafft. Du siehst müde aus. Geh ins Bett und versuche ein bisschen zu schlafen.»

Sein Gesicht war abgespannt. «Wenn ...» Die Worte wirkten, als würden sie ihm entrissen. «Wenn Jane was passiert ...»

«Ihr wird nichts passieren», sagte sie rasch. Sie legte ihre Hand auf seinen Arm. «Du darfst nicht mal daran denken.»

«Was kann ich sonst denken?»

«Du musst einfach Vertrauen haben. Und wenn mitten in der Nacht ein Anruf kommt, sagst du mir Bescheid, ja?»

«Natürlich.»

«Gute Nacht, mein Lieber.»

Sie hatte David gesagt, er solle schlafen, aber sie selbst fand keinen Schlaf. Sie lag im Dunkeln in dem weichen Bett und betrachtete durch das offene Fenster das matte Stück Dunkelheit, das der

Nachthimmel bildete, und lauschte auf die Stundenschläge der Standuhr am Fuße der Treppe. Das Telefon klingelte nicht. Erst im Morgengrauen döste sie endlich ein und wachte schon nach kurzer Zeit wieder auf. Es war halb acht. Sie stand auf, zog ihren Morgenrock an und ging zu Jamie, der auch schon wach war und im Bett mit seinem Traktor spielte.

«Guten Morgen.»

Er fragte: «Ob ich heute mit Charlie Cooper spielen kann? Ich will ihm meinen Traktor zeigen.»

«Ist er heute Morgen nicht in der Schule?»

«Dann heute Nachmittag?»

«Vielleicht.»

«Was machen wir heute Morgen?»

«Was möchtest du gerne machen?»

«Wir können an den Strand gehen und den Gänsen zugucken. Weißt du, Granny, weißt du, dass da Männer hinkommen und auf sie schießen? Daddy findet es grässlich, aber er sagt, er kann nichts machen, weil der Strand allen gehört.»

«Vogeljäger.»

«Ja.»

«Ich muss schon sagen, es ist gemein, wenn die armen Gänse den weiten Weg von Kanada geflogen kommen und dann erschossen werden.»

«Daddy sagt, sie verwüsten die Felder.»

«Sie brauchen Futter. Und da wir gerade von Futter sprechen, was möchtest du zum Frühstück?»

«Gekochte Eier.»

«Dann mal raus aus dem Bett.»

Auf dem Küchentisch fanden sie einen Zettel von David.

7.00. Habe das Vieh gefüttert, fahre jetzt ins Krankenhaus. Nachts ist kein Anruf gekommen. Ich ruf an, wenn's was Neues gibt.

«Was hat er geschrieben?», fragte Jamie.

«Dass er deine Mutter besuchen gegangen ist.»

«Ist das Baby schon da?»

«Nein.»

«Es ist in ihrem Bauch. Es muss rauskommen.»

«Ich glaube, es dauert nicht mehr lange.»

Als sie fertig gefrühstückt hatten, kam Mrs. Cooper mit ihrem rotbackigen Baby im Kinderwagen, den sie in der Küche in eine Ecke schob.

Sie gab dem Kleinen einen Zwieback zum Kauen. «Gibt's was Neues, Mrs. Douglas?»

«Nein, noch nicht. Aber David ist jetzt im Krankenhaus. Er ruft an, wenn sich etwas tut.»

Sie ging nach oben, ihr und Jamies Bett machen, und nach kurzem Zögern ging sie in Janes und Davids Schlafzimmer, um auch dort das Bett zu machen.

Sie hatte das zwingende Gefühl, ein Eindringling zu sein. Es roch nach Maiglöckchen, dem einzigen Parfüm, das Jane benutzte. Sie sah den Toilettentisch mit Janes kleinen, persönlichen Dingen: die silberne Haarbürste ihrer Großmutter, die Schnappschüsse von David und Jamie, die hübschen Ketten aus billigen Perlen, die sie an den Spiegel gehängt hatte. Kleidungsstücke lagen herum: die Latzhose, die sie angehabt hatte, bevor man sie in den Krankenwagen trug; ein Paar Schuhe, ein roter Pullover. Sie sah die kindliche Sammlung von Porzellantieren auf dem Kaminsims, die große Fotografie von sich und Walter.

Sie wandte sich dem Bett zu und sah, dass David auf Janes Seite geschlafen hatte, den Kopf in das große, weiße, spitzenbesetzte Kissen geschmiegt. Aus irgendeinem Grunde brachte dies das Fass zum Überlaufen. *Ich will, dass sie wiederkommt*, sagte sie zornig zu niemand Besonderem. *Ich will, dass sie wiederkommt. Ich will, dass sie gesund nach Hause kommt, zu ihrer Familie. Ich halte es nicht mehr aus. Ich will jetzt wissen, dass alles in Ordnung ist.*

Das Telefon klingelte.

Sie setzte sich auf die Bettkante und nahm den Hörer ab.

«Ja?»

«Eve, ich bin's, David.»

«Tut sich was?»

«Noch nicht, aber es scheint irgendwie akut zu sein, sie wollen nicht länger warten. Sie kommt jetzt in den Kreißsaal. Ich gehe mit. Ich ruf an, wenn's was Neues gibt.»

«Ja.» *Es scheint irgendwie akut zu sein.* «Ich ... ich wollte mit Jamie spazieren gehen. Aber wir bleiben nicht lange weg, und Mrs. Cooper ist hier.»

«Gute Idee. Geh mit ihm aus dem Haus. Grüß ihn von mir.»

«Mach's gut, David.»


Zum Strand ging es durch einen alten Obstgarten mit Apfelbäumen und dann über ein Stoppelfeld. Sie kamen zu der Weißdornhecke und dem Zauntritt, dann senkte sich der Grashang zum Schilf und zum Wasser hin ab. Es herrschte Ebbe, das Wattenmeer erstreckte sich bis ans ferne Ufer. Sie sah die niedrigen Hügel und den unendlichen Himmel; Flecken vom hellsten Blau, mit langsam ziehenden, grauen Wolken behangen.

Jamie kletterte auf den Zauntritt und sagte: «Die Vogeljäger sind da.»

Eve sah sie am Ufer. Es waren zwei Männer, sie hatten sich eine Deckung aus Gestrüpp gebaut, das die Flut angeschwemmt hatte. Da standen sie, wie Silhouetten vor dem schimmernden Wattenmeer, die Gewehre schussbereit. Zwei braunweiße Springerspaniels saßen wartend neben ihnen. Es war sehr, sehr still. Von weit draußen, aus der Mitte des Meeresarmes, konnte Eve das Schnattern der Wildgänse hören.

Sie half Jamie von dem Zauntritt, und Hand in Hand gingen sie den Hang hinunter. Wo er auslief, stießen sie auf eine Gruppe Gipsvögel, die die Jäger so angeordnet hatten, dass sie einer weidenden Gänseherde glichen.

«Das sind ja Spielzeuggänse», sagte Jamie.

«Lockvögel. Die Jäger hoffen, dass die Gänse, die über ihnen fliegen, sie sehen und meinen, sie können sich gefahrlos niederlassen und fressen.»

«Das ist gemein. Das ist Betrug. Wenn welche kommen, Granny, wenn welche kommen, lass uns mit den Armen winken und sie wegscheuchen.»

«Damit machen wir uns nicht sehr beliebt.»

«Dann sagen wir den Jägern, sie sollen weggehen.»

«Das können wir nicht. Sie tun nichts Ungesetzliches.»

«Sie schießen unsere Gänse tot.»

«Die Wildgänse gehören allen.»

Die Vogeljäger hatten sie gesehen. Die Hunde spitzten die Ohren und jaulten. Einer von den Männern schimpfte seinen Hund. Eve und Jamie waren ratlos, wussten nicht, welchen Weg sie einschlagen sollten. Zögernd blieben sie bei den im Kreis aufgestellten Lockvögeln stehen, und da fiel Eves Blick auf eine Bewegung am Himmel, und sie sah von der See her eine Schar Vögel nahen.

«Schau, Jamie.»

Die Jäger hatten sie auch gesehen. Es entstand Bewegung, als sie den herankommenden Flug beobachteten.

«Sie sollen nicht kommen!» Jamie hörte sich panisch an. Er entzog Eve seine Hand und stolperte mit seinen kurzen, gummigestiefelten Beinchen los, ruderte mit den Armen, versuchte, die Vögel abzulenken, fort von den Gewehren. «Fliegt weg, fliegt weg, nicht herkommen!»

Eve meinte ihn bremsen zu müssen, aber es erschien ihr wenig sinnvoll. Nichts auf der Welt konnte diesen Flug aufhalten. Zudem war etwas Ungewöhnliches an den Vögeln. Normalerweise führte die Fluglinie der Wildgänse von Norden nach Süden, diese Schar aber näherte sich von Osten, von der See her, und mit jeder Sekunde wurden sie größer. Einen Moment geriet Eves natürliches Entfernungsempfinden durcheinander, und dann ging ihr auf einmal ein Licht auf, und sie sah, dass die Vögel gar keine Gänse waren, sondern zwölf weiße Schwäne.

«Es sind Schwäne, Jamie. Schwäne.»

Er stand auf der Stelle still, legte den Kopf zurück, um sie vorüberfliegen zu sehen. Sie kamen näher, die Luft war erfüllt vom Trommeln und Schlagen ihrer mächtigen Schwingen. Eve sah die vorgestreckten langen weißen Hälse, die hoch gezogenen, rückwärts angelegten Beine. Und dann waren sie vorüber, flogen flussaufwärts, und ihre Flügelschläge wurden immer leiser, bis sie schließlich verschwunden waren, vom Grau des Morgens, von den fernen Hügeln verschluckt.

«Granny?» Jamie schüttelte sie am Ärmel. «Granny, du hörst mir ja gar nicht zu.» Sie sah auf ihn hinunter. Es war, als blicke sie zu einem Kind herab, das sie noch nie gesehen hatte. «Granny, die Jäger haben sie nicht totgeschossen.»

Zwölf weiße Schwäne. «Auf Schwäne dürfen sie nicht schießen. Schwäne gehören der Königin.»

«Gott sei Dank. Sie waren so schön.»

«Ja, o ja.»

«Wo fliegen sie hin?»

«Ich weiß nicht. Flussaufwärts. In die Berge. Vielleicht gibt es dort einen verborgenen See, wo sie fressen und nisten.» Aber sie sagte es geistesabwesend, weil sie nicht an die Schwäne dachte. Sie dachte an Jane, und auf einmal war es ungeheuer dringend, dass sie keine Zeit verloren, nach Hause zu kommen.

«Komm, Jamie.» Sie nahm ihn bei der Hand, und ihn hinter sich herziehend, strebte sie eilends auf dem grasbewachsenen Hang zum Zauntritt. «Lass uns umkehren.»

«Aber wir haben unseren Spaziergang noch gar nicht gemacht.»

«Wir sind weit genug gelaufen. Beeilen wir uns. Mal sehen, wie schnell wir sind.»

Sie stiegen über den Zauntritt und liefen über das Stoppelfeld. Jamies kurze Beinchen taten tapfer ihr Bestes, um mit seiner Großmutter Schritt zu halten. Sie durchquerten den Obstgarten, ohne stehen zu bleiben, um nach Fallobst zu sehen oder auf die verhutzelten alten Bäume zu klettern.

Jetzt gelangten sie zu dem Fahrweg, der zum Bauernhaus führte. Jamie war erschöpft, er konnte nicht mehr laufen und blieb stehen, um gegen ein so ungewöhnliches Ansinnen zu protestieren. Aber Eve ertrug es nicht, zu warten, sie hob ihn auf die Arme und eilte weiter; sein Gewicht spürte sie kaum.

Sie kamen endlich nach Hause, gingen durch die Hintertür hinein, blieben nicht einmal stehen, um ihre schmutzigen Stiefel auszuziehen. Über die hintere Veranda in die warme Küche, wo das Baby noch friedlich in seinem Kinderwagen saß und Mrs. Cooper am Spülstein Kartoffeln schälte. Sie drehte sich um, als sie hereinkamen, und in diesem

Moment klingelte das Telefon. Eve stellt Jamie auf die Füße und sauste zum Apparat. Schon beim zweiten Klingeln hielt sie den Hörer in der Hand.

«Ja.»

«Eve, ich bin's, David. Es ist alles vorbei. Alles in Ordnung. Wir haben wieder einen kleinen Jungen. Es hat ihn arg mitgenommen, aber er ist kräftig und gesund, und Jane ist wohlauf. Ein bisschen müde, aber sie ist schon wieder in ihrem Bett, und du kannst sie heute Nachmittag besuchen.»

«Oh, David ...»

«Kann ich Jamie sprechen?»

«Natürlich.»

Sie reichte dem kleinen Jungen den Hörer. «Es ist Daddy. Du hast ein Brüderchen bekommen.» Sie wandte sich Mrs. Cooper zu, die starr verharrte, ein Messer in der einen und eine Kartoffel in der anderen Hand. «Es geht ihr gut, Mrs. Cooper. Es geht ihr gut.» Am liebsten hätte sie Mrs. Cooper umarmt, ihre rosigen Wangen mit Küssen bedeckt. «Es ist ein Junge, und alles ist gut gegangen. Sie hat es überstanden, und ...»

Sie war am Ende. Sie konnte nichts mehr sagen. Und sie konnte Mrs. Cooper nicht mehr sehen, weil ihre Augen voll Tränen waren. Sie weinte nie, und sie wollte nicht, dass Jamie sie weinen sah, darum machte sie kehrt, ließ Mrs. Cooper stehen, ging einfach aus der Küche, denselben Weg hinaus, den sie hereingekommen waren, in den Garten, in die kalte, frische Morgenluft.

Es war überstanden. Vor Erleichterung fühlte sie sich schwerelos, ihr war, als könne sie mit einem einzigen Satz durch die Luft schweben. Sie weinte und lachte zugleich, wie lächerlich, und sie zog ihr Taschentuch hervor, wischte sich die Augen und putzte sich die Nase.

Zwölf weiße Schwäne. Sie war froh, dass sie Jamie bei sich gehabt hatte, sonst hätte sie womöglich für den Rest ihres Lebens geglaubt, der erstaunliche Anblick sei schlicht und einfach eine Ausgeburt ihrer überdrehten Phantasie gewesen. Zwölf weiße Schwäne. Sie hatte sie beobachtet, wie sie gekommen und verschwunden waren. Für immer verschwunden. Sie wusste, dass ihr ein so wunderbarer Anblick nie wieder beschieden sein würde.

Sie sah zum leeren Himmel empor. Er hatte sich bewölkt, bald würde es wohl zu regnen anfangen. Noch während sie dies dachte, spürte Eve die ersten kalten Tropfen auf ihrem Gesicht. Zwölf weiße Schwäne. Sie schob die Hände tief in ihre Manteltaschen und ging ins Haus, um ihren Mann anzurufen.

# DER BAUM

An einem glühend heißen Nachmittag im Juli schob Jill Armitage den Sportwagen mit ihrem Söhnchen Robbie durch das Tor eines Londoner Parks und machte sich auf den anderthalb Kilometer langen Heimweg.

Es war ein kleiner Park, nichts Besonderes. Das Gras war platt getreten, die Wege waren von Hunden verdreckt, die Blumenbeete mit Lobelien, knallroten Geranien und eigenartigen Pflanzen mit rotebetefarbenen Blättern bestückt, aber es gab wenigstens einen Spielplatz, ein paar schattige Bäume, mehrere Schaukeln und eine Wippe.

Sie hatte einen Korb mit Spielsachen und einem bescheidenen Picknick eingepackt, der nun an den Handgriffen des Sportwagens hing. Von ihrem Sohn war nichts zu sehen bis auf sein baumwollenes Sonnenhütchen und die roten Leinenschuhe. Er trug knappe Shorts, seine Arme und Schultern hatten die Farbe von Aprikosen. Hoffentlich hatte er keinen Sonnenbrand abbekommen. Er hatte den Daumen im Mund und summte vor sich hin, meh, meh, meh, wie er es immer tat, wenn er müde war.

Sie kamen zur Hauptstraße und warteten, bis sie hinüber konnten. Der Verkehr strömte zweispurig an ihnen vorbei. Sonnenlicht blinkte auf Windschutzscheiben, die Fahrer waren in Hemdsärmeln, die Luft war schwer von Auspuffgasen und Benzindunst.

Die Ampel sprang um, Bremsen quietschten, der Verkehr kam zum Stehen. Jill schob den Kinderwagen über die Straße. Auf der anderen Seite war die Gemüsehandlung, und Jill dachte ans Abendessen. Sie ging hinein, um einen Kopf Salat und ein Pfund Tomaten zu kaufen. Der Mann, der sie bediente, war ein alter Freund – das Leben in diesem heruntergekommenen Londoner Viertel war ein bisschen wie das Leben in einem Dorf –, er nannte Robbie «mein Schätzchen» und schenkte ihm einen Pfirsich zum Abendbrot.

Jill dankte dem Gemüsehändler und zockelte weiter. Kurz darauf bog sie in ihre Straße ein, wo die georgianischen Häuser einst prachtvoll gewesen und die Bürgersteige breit und gepflastert waren. Seit sie geheiratet hatte und in diese Gegend gezogen war, hatte sie gelernt, sich mit dem Verfall ringsum abzufinden, den schmuddeligen Farben, den kaputten Geländern, den finsteren Souterrains mit den schmutzigen Vorhängen, den feuchten Steinstufen, auf denen Farne sprossen. Doch in den letzten zwei Jahren zeigten sich in der Straße viel versprechende Anzeichen von Verbesserung. Hier wechselte ein Haus den Besitzer, Gerüste wurden angebracht, große städtische Container standen am Straßenrand und füllten sich mit Schutt aller Art. Dort erhielt eine Souterrainwohnung einen frischen weißen Anstrich, Geißblatt wurde in einen Topf gepflanzt und erreichte in kürzester Zeit das Geländer, umschlang es mit von Blüten überladenen Zweigen. Nach und nach wurden Fenster erneuert, Tür- und Fensterstürze repariert, Haustüren glänzend schwarz oder kornblumenblau gestrichen, Messinggriffe und Briefkästen wurden auf Hochglanz gebracht. Eine neue und kostspielige Flotte von Autos parkte am Bürgersteig, und eine vollkommen neue und kostspielige Flotte von Müttern brachte ihre Sprösslinge zur Straßenecke oder holte sie von Kinderfesten ab; die Kleinen trugen Luftballons, Pappnasen und Papierhüte.

Ian sagte, mit dem Viertel gehe es aufwärts, aber es war einfach so, dass die Leute es sich nicht mehr leisten konnten, Grundbesitz in Fulham oder Kensington zu erwerben, und nun ihr Glück weiter draußen versuchten.

Ian und Jill hatten ihr Haus gekauft, als sie vor drei Jahren heirateten, aber noch hing ihnen der Mühlstein der Hypothek am Hals, und seit Robbie geboren war und Jill zu arbeiten aufgehört hatte, waren ihre finanziellen Probleme noch prekärer geworden. Und das Schlimmste war, dass jetzt wieder ein Baby unterwegs war. Sie hatten sich ein zweites Kind gewünscht, aber vielleicht nicht gar so bald.

«Macht nichts», hatte Ian gesagt, als er über den Schreck hinweg war. «Wir bringen alles in einem Aufwasch hinter uns, und denk nur, wie viel Spaß die Kinder zusammen haben werden, bloß zwei Jahre auseinander.»

«Aber wir können es uns nicht leisten.»

«Babys kriegen kostet nichts.»

«Nein, aber es kostet eine Menge, sie aufzuziehen. Und ihnen Schuhe zu kaufen. Weißt du, was ein Paar Sandalen für Robbie kostet?»

Ian sagte, er wisse es nicht und wolle es nicht wissen. Irgendwie würden sie es schon schaffen. Er war ein unverbesserlicher Optimist, und das Beste an seinem Optimismus war, dass er ansteckte. Ian hatte seiner Frau einen Kuss gegeben, war in die Spirituosenhandlung um die Ecke gegangen, um eine Flasche Wein zu kaufen. Den tranken sie an jenem Abend zum Essen, das aus Würstchen und Kartoffelbrei bestand.

«Wir haben wenigstens ein Dach überm Kopf», sagte er zu Jill, «auch wenn es zum größten Teil der Bausparkasse gehört.»

Ja, sie hatten ein Dach über dem Kopf, aber sogar ihre besten Freunde fanden, dass es ein eigenartiges Haus war. Denn die Straße machte am

Ende einen scharfen Knick, und Nummer 23, wo Jill und Ian wohnten, war ein hohes und schmales Gebäude, keilförmig, um sich in die Biegung einzupassen. Ebendiese Eigenartigkeit war es, die sie von vornherein ebenso gereizt hatte wie der Preis; denn man hatte das Haus arg verfallen lassen, und es musste viel daran gemacht werden. Seine Eigenartigkeit bildete einen Teil seines Charmes, aber der Charme nützte nicht viel, als ihnen die Zeit, die Kraft und die Mittel ausgingen; um sich des Außenanstrichs anzunehmen oder einen Rauputz auf die schmale Frontseite aufzutragen.

Paradoxerweise glänzte nur das Souterrain. Hier wohnte Delphine, ihre Untermieterin. Delphines Miete trug zur Abzahlung der Hypothek bei. Sie war Malerin und hatte sich mit einigem Erfolg der kommerziellen Kunst verschrieben. Das Souterrain benutzte sie als ihre Londoner Zweitwohnung. Sie pendelte zwischen dieser und einem Cottage in Wiltshire hin und her, wo eine verfallene Scheune zu einem Atelier umgebaut worden war und ein überwucherter Garten zum schilfbewachsenen Ufer eines Flüsschens abfiel. Jill, Ian und Robbie wurden hin und wieder übers Wochenende in diese Idylle eingeladen, und diese Besuche waren jedes Mal die größte Wonne – eine bunt zusammengewürfelte Gästeschar, enorme Mahlzeiten, Unmengen Wein und endlose Diskussionen über esoterische Themen, die meistens über Jills Begriffsvermögen gingen. Diese Ausflüge waren eine nette Abwechslung, wie Ian gerne betonte, wenn sie in ihr eintöniges Londoner Viertel zurückkehrten.

Delphine, die in ihrem wallenden Kaftan ungeheuer dick aussah, saß vor ihrer Eingangstür und aalte sich in dem Streifen Sonnenlicht, das um diese Tageszeit in ihre Domäne drang. Jill hob Robbie aus dem Sportwagen, und Robbie steckte den Kopf durch die Geländerstäbe und sah zu Delphine hinunter, die ihre Zeitung weglegte und durch ihre runde, schwarze Sonnenbrille zu ihm hinaufschaute.

«Hallo, ihr zwei», sagte sie. «Wo seid ihr gewesen?»

«Im Park», erwiderte Jill.

«Bei dieser Hitze?»

«Man kann nirgends anders hingehen.»

«Ihr solltet euch den Garten herrichten.»

Das hatte Delphine in den letzten zwei Jahren in Abständen immer wieder gesagt, bis Ian ihr eröffnete, wenn sie es noch einmal sagte, würde er sie mit seinen eigenen Händen erwürgen. «Fällt den grässlichen Baum.»

«Fang nicht wieder damit an», bat Jill. «Es ist alles so kompliziert.»

«Ihr könntet wenigstens sehen, dass ihr die

Katzen loswerdet. Ich konnte heute Nacht vor lauter Geschrei kaum schlafen.»

«Was können wir tun?»

«Allerhand. Nehmt ein Gewehr und erschießt sie.»

«Ian hat kein Gewehr. Und selbst wenn, die Polizei würde denken, wir würden jemand ermorden, wenn wir anfangen, auf die Katzen zu ballern.»

«Was bist du doch für eine ergebene kleine Ehefrau. Na schön, wenn ihr die Katzen nicht erschießen wollt, wie wär's, wenn ihr dieses Wochenende ins Cottage kommt? Ich kann euch in meinem Wagen mitnehmen.»

«Oh, Delphine.» Es war das Netteste, was ihr den ganzen Tag passiert war. «Ist das dein Ernst?»

«Natürlich.» Jill dachte an den schattigen Garten auf dem Land, den Duft von Holunderblüten und daran, wie sie Robbie mit den Füßen in dem seichten, über Kiesel plätschernden Wasser des Flüsschens planschen ließ.

«Ich kann mir nichts Himmlischeres vorstellen ... aber ich muss hören, was Ian sagt. Vielleicht geht er Kricket spielen.»

«Kommt nach dem Essen runter, dann besprechen wir es bei einem Glas Wein.»

Um sechs Uhr war Robbie gebadet, gefüttert – mit dem saftigen Pfirsich – und in sein Bettchen schlafen gelegt. Jill duschte, zog das kühlste Kleidungsstück an, das sie besaß, einen baumwollenen Morgenrock, und ging in die Küche hinunter, um das Abendessen zu machen.

Küche und Esszimmer, nur durch die schmale Treppe getrennt, nahmen das gesamte Erdgeschoss des Hauses ein, waren aber dennoch nicht groß. Die Haustür führte direkt hier hinein, sodass kein Platz war, um Mäntel aufzuhängen oder einen Kinderwagen abzustellen. Das Fenster auf der Esszimmerseite ging auf die Straße hinaus, aber die Küche hatte eine große Glastür, die vermuten ließ, dass dort einmal ein Balkon gewesen war, vielleicht mit ein paar Stufen, die in den Garten hinunterführten. Balkon und Stufen waren längst zerfallen – vielleicht abgerissen –, verschwunden, und die Glastür öffnete sich ins Leere, tief unten war nur der Hof. Bevor Robbie geboren war, hatten sie die Tür bei warmer Witterung offen stehen lassen, doch nach seiner Geburt hatte Ian sie sicherheitshalber zugenagelt, und so war sie seither geblieben.

Der gescheuerte Kieferntisch stand vor dieser Tür. Jill setzte sich an den Tisch und schnitt Tomaten für den Salat in Scheiben, wobei sie geistesabwesend in den grässlichen Garten sah. Er war von hohen, zerbröckelnden Ziegelmauern umschlossen, und es war ein bisschen, als blicke man auf den Grund eines Brunnens hinab. Gleich beim Haus war der gepflasterte Hof, dann kamen ein Stück wucherndes Gras, danach Verwüstung, zertrampelte Erde, alte Papiertüten, die ständig hereingeweht wurden, und der Baum.

Jill war auf dem Land geboren und aufgewachsen und mochte es kaum glauben, dass ein Garten sie wahrhaftig abstoßen konnte, und zwar so sehr, dass sie, selbst wenn es einen Zugang gegeben hätte, ihre Wäsche nicht draußen aufhängen, geschweige denn ihr Kind dort spielen lassen würde.

Und was den Baum anging – den Baum hasste sie regelrecht. Es war ein Ahorn, aber Lichtjahre entfernt von den freundlichen Ahornbäumen ihrer Kindheit, die gut zum Klettern und im Sommer schattig waren und die im Herbst geflügelte Samenkapseln abwarfen. Dieser hier hätte niemals wachsen dürfen, hätte nie gepflanzt werden, nie eine solche Höhe, eine solche Dichte, eine so düstere, bedrückende Größe erreichen dürfen. Er sperrte den Himmel aus, und seine Düsternis schreckte jegliches Leben ab, ausgenommen die Katzen, die schreiend auf den Mauern umherschlichen und auf der spärlichen Erde ihr Geschäft verrichteten. Wenn der Baum im Herbst seine Blätter verlor und Ian trotz Katzendreck tapfer hinausging, um das Laub zu verbrennen, entstand ein schwarzer, stinkender Qualm, als hätten die

Blätter in den Sommermonaten alles, was in der Luft schmutzig, ekelhaft oder giftig war, in sich aufgenommen.

Ihre Ehe war glücklich, und die meiste Zeit hatte Jill nicht den Wunsch, dass sich irgendetwas ändern würde. Aber der Baum brachte ihre schlechtesten Seiten zum Vorschein, er flößte ihr den Wunsch ein, reich zu sein, sodass sie auf die Kosten pfeifen und ihn beseitigen lassen könnte.

Manchmal äußerte sie dies laut zu Ian. «Ich wünschte, ich hätte ein riesiges eigenes Einkommen. Oder einen sagenhaft reichen Verwandten. Dann könnte ich den Baum fällen lassen. Warum hat keiner von uns eine Märchenfee als Patin? Hast du nicht irgendwo eine versteckt?»

«Du weißt, ich habe nur Edwin Makepeace, und der taugt ungefähr so viel wie ein verregnetes Wochenende im November.»

Edwin Makepeace war ein regelrechter Familienwitz, und was Ians Eltern bewogen hatte, ihn zum Paten ihres Sohnes zu machen, war ein Rätsel, das Ian nie zu lösen vermocht hatte. Er war ein entfernter Cousin und war von jeher als humorlos, anspruchsvoll und krankhaft geizig bekannt. In den vergangenen Jahren hatte er nichts getan, um irgendeine dieser Eigenschaften zu verbessern. Er war einige Jahre mit einer faden Dame namens

Gladys verheiratet gewesen. Sie hatten keine Kinder, lebten einfach zusammen in einem düsteren Häuschen in Woking, aber Gladys hatte ihn wenigstens umsorgt, und als sie starb und er allein zurückblieb, nagte das Problem Edwin ständig am Gewissen der Verwandten.

Armer alter Knabe, sagten sie wohl und hofften, dass jemand anders ihn Weihnachten einlud. Dieser Jemand-anders war gewöhnlich Ians Mutter, eine wahrhaft gutherzige Dame, und es erforderte einige Anstrengung von ihr, die Familienfeier nicht von Edwins bedrückender Anwesenheit beeinträchtigen zu lassen. Dass er ihr nichts weiter schenkte als eine Schachtel Taschentücher, die sie nie benutzte, trug nicht gerade dazu bei, ihn bei den übrigen Anwesenden beliebt zu machen. Es war ja nicht so, betonten sie, dass Edwin kein Geld hatte. Er mochte sich nur nicht davon trennen.

«Vielleicht könnten wir den Baum selber fällen.»

«Liebling, er ist viel zu groß. Entweder würden wir uns selbst umbringen oder das ganze Haus zum Einsturz bringen.»

«Wir könnten einen Fachmann kommen lassen. Einen Baumchirurgen.»

«Und was fangen wir mit den Ästen und Zweigen an, wenn der Chirurg seine Arbeit getan hat?»

«Verbrennen?»

«Ein Feuer von der Größe? Die ganze Siedlung würde in Rauch aufgehen.»

«Wir könnten jemanden fragen. Einen Kostenvoranschlag einholen.»

«Liebling, ich kann dir einen Voranschlag nennen. Es würde ein Heidengeld kosten. Und wir haben kein Heidengeld.»

«Ein Garten. Er wäre wie ein zusätzliches Zimmer. Platz zum Spielen für Robbie. Und ich könnte das Baby im Kinderwagen nach draußen stellen.»

«Wie denn? An einem Seil aus dem Küchenfenster lassen?» Sie hatten dieses Gespräch schon zu oft geführt in unterschiedlichen Graden von Bitterkeit.

Ich werde es nicht wieder erwähnen, gelobte sich Jill, aber ... Sie hielt mit dem Schneiden der Tomatenscheiben inne, und das Messer in der einen Hand, das Kinn auf die andere gestützt, sah sie durch die schmierige Glasscheibe, die man nicht putzen konnte, weil man nicht herankam.

Der Baum. Ihre Phantasie beseitigte ihn, aber was sollte man mit dem Rest anstellen? Was würde auf diesem jämmerlichen Stückchen Erde schon wachsen? Wie könnten sie die Katzen fern halten? Sie grübelte noch über diese unüberwindlichen Probleme nach, als sie ihren Mann die Haustür aufschließen hörte. Sie zuckte zusammen, als sei sie bei etwas Unschicklichem ertappt worden, und fuhr rasch fort, die Tomate in Scheiben zu schneiden. Die Tür schlug zu, und Jill lächelte ihren Mann über die Schulter an.

«Hallo, Liebling.»

Er warf seine Aktenmappe hin, gab Jill einen Kuss. Er sagte: «Gott, ist das heiß heute. Ich bin schmutzig und stinke. Ich geh mich duschen, und dann komme ich und bin charmant zu dir ...»

«Im Kühlschrank ist eine Dose Bier.»

«Welch ein Genuss.» Er küsste sie wieder. «Du dagegen riechst himmlisch. Nach Freesien.» Er lockerte seine Krawatte.

«Das ist die Seife.»

Er steuerte auf die Treppe zu und zog sich im Gehen aus. «Hoffentlich wirkt sie bei mir genauso.»

Fünf Minuten später war er wieder unten, barfuß, in einer verblichenen Jeans und einem kurzärmeligen Hemd, das er für die Hochzeitsreise gekauft hatte.

«Robbie schläft», sagte er. «Ich hab eben reingeguckt.» Er öffnete den Kühlschrank, nahm die Dose Bier heraus und schenkte zwei Gläser ein, trug sie an den Tisch und ließ sich neben Jill auf einen Stuhl fallen. «Was hast du heute gemacht?»

Sie erzählte ihm vom Park, dem geschenkten Pfirsich, von Delphines Einladung fürs Wochenende. «Sie sagt, sie nimmt uns in ihrem Wagen mit.»

«Sie ist ein Engel. Eine herrliche Vorstellung.»

«Wir sollen nach dem Essen auf ein Glas Wein herunterkommen. Sie sagt, dann können wir es besprechen.»

«Eine kleine Party, wie?»

«Das ist eine nette Abwechslung.»

Sie sahen sich lächelnd an. Er legte eine Hand auf ihren flachen Bauch. Er sagte: «Für eine Schwangere siehst du sehr appetitlich aus.» Er aß ein Stück Tomate. «Ist das unser Abendbrot, oder tauen wir was aus dem Tiefkühlschrank auf?»

«Das ist unser Abendbrot. Mit Schinken und Kartoffelsalat.»

«Ich hab einen Mordshunger. Lass uns essen und dann bei Delphine aufkreuzen. Hast du gesagt, sie macht eine Flasche Wein auf?»

«Hat sie gesagt.»

Er gähnte. «Es dürfen auch gerne zwei werden.»

Der nächste Tag war ein Donnerstag. Es war heiß wie eh und je, aber jetzt war es nicht mehr so schlimm, weil man sich aufs Wochenende freuen konnte.

«Wir fahren nach Wiltshire», sagte Jill zu Robbie, während sie einen Schwung Kleidungsstücke in die Waschmaschine lud. «Du kannst im Fluss planschen und Blumen pflücken. Wiltshire, weißt du noch? Delphines Cottage? Weißt du noch, der Traktor auf dem Feld?»

Robbie sagte: «Traktor.» Er kannte erst wenige Wörter, und dies war eines davon.

«Ganz recht. Wir fahren aufs Land.» Sie fing an zu packen; zwar war es noch ein ganzer Tag bis zur Abfahrt, aber es ließ das Wochenende näher erscheinen. Sie bügelte ihr bestes Strandkleid, sie bügelte sogar Ians ältestes T-Shirt. «Wir wohnen in Delphines Cottage.» Verschwenderisch kaufte sie kaltes Huhn und ein Körbchen Erdbeeren zum Abendessen. In Delphines wildem Garten wuchsen Erdbeeren. Sie stellte sich vor, wie sie sie pflücken würde, die heiße Sonne auf dem Rücken, die roten Früchte duftend unter den schützenden Blättern.

Der Tag ging zur Neige. Sie badete Robbie, las ihm vor und brachte ihn in sein Bettchen. Als sie ihn allein ließ – die Augen fielen ihm schon zu –, hörte sie Ians Schlüssel im Schloss und lief hinunter, ihn zu begrüßen.

«Liebling.»

Er stellte seine Aktenmappe hin und schloss die Tür. Er machte ein finsteres Gesicht. Sie gab ihm rasch einen Kuss und fragte: «Was ist passiert?»

«Leider was Dummes. Wäre es sehr schlimm für dich, wenn wir nicht mit Delphine rausfahren würden?»

«Nicht rausfahren?» Vor Enttäuschung fühlte sie sich matt und leer, als würde sie ihres ganzen Glückes beraubt. Ihre Bestürzung stand ihr ins Gesicht geschrieben. «Aber – o Ian, warum nicht?»

«Meine Mutter hat mich im Büro angerufen.» Er zog sein Sakko aus und warf es über das Treppengeländer. Er lockerte seine Krawatte. «Es ist wegen Edwin.»

«Edwin?» Jills Beine zitterten. Sie setzte sich auf die Treppe. «Er ist doch nicht tot?»

«Nein, das nicht, aber anscheinend ist es ihm in letzter Zeit nicht besonders gut gegangen. Der Arzt hat ihm gesagt, er soll sich schonen. Aber jetzt ist sein bester Freund ‹von hinnen geschieden›, wie Edwin sich ausdrückt. Samstag ist die Beerdigung, und Edwin besteht darauf, dazu nach London zu kommen. Mutter hat versucht, es ihm auszureden, aber es ist ihr nicht gelungen. Er hat für die Nacht ein Zimmer in einem miesen, billigen Hotel gebucht, und Ma ist überzeugt, er kriegt einen Herzanfall und stirbt gleichfalls. Aber der springende Punkt ist, dass er sich in den Kopf gesetzt hat, zum Abendessen zu uns zu kommen. Ich habe ihr gesagt, das macht er nur, weil ihm ein kostenloses Essen lieber ist als eins, das er bezahlen muss, aber sie schwört, dass es nicht so ist. Er würde dauernd sagen, er sieht nie was von dir und mir, er hat unser Haus nie gesehen, er will Robbie kennen lernen ... und so weiter, du weißt schon.»

Wenn Ian sich aufregte, redete er immer zu viel. Nach einer Weile meinte Jill: «Müssen wir? Ich wäre so gerne aufs Land gefahren.»

«Ich weiß. Aber wenn ich es Delphine erkläre, wird sie es verstehen und die Einladung später wiederholen.»

«Es ist bloß ...» Sie war den Tränen nahe. «Es ist bloß, dass wir in letzter Zeit nie was Schönes oder Aufregendes erleben. Und wenn wir was vorhaben, wird wegen Edwin nichts daraus. Warum kann sich niemand anders um ihn kümmern?»

«Ich schätze, weil er nicht viele Freunde hat.»

Jill blickte zu ihm hoch und sah ihre eigene Enttäuschung und Unentschlossenheit in seinem Gesicht gespiegelt.

Sie fragte und wusste genau, wie die unvermeidliche Antwort ausfallen würde: «Willst du, dass er kommt?»

Ian zuckte bekümmert die Achseln. «Er ist mein Pate.»

«Es wäre schon schlimm genug, wenn er ein lustiger alter Herr wäre, aber er ist trübsinnig.»

«Er ist alt. Und einsam.»

«Er ist langweilig.»

«Er ist traurig. Sein bester Freund ist gerade gestorben.»

«Hast du deiner Mutter gesagt, dass wir nach Wiltshire eingeladen sind?»

«Ja. Sie meint, wir müssen es bereden. Ich habe ihr gesagt, dass ich Edwin heute Abend anrufe.»

«Wir können ihm nicht sagen, dass er nicht kommen soll.»

«Ich dachte mir, dass du das sagen würdest.» Sie sahen sich an, wussten, dass die Entscheidung längst gefallen war. Kein Wochenende auf dem Land. Kein Erdbeerpflücken. Kein Garten für Robbie. Nur Edwin.

Sie sagte: «Ich wünschte, es wäre nicht so schwer, gute Werke zu tun. Ich wünschte, sie würden sich einfach ergeben, ohne dass man etwas dazu tun muss.»

«Dann wären es keine guten Werke. Aber weißt du was? Ich liebe dich. Immer mehr, sofern das möglich ist.» Er küsste sie. «So ... Jetzt geh ich runter und sag's Delphine.»

«Es gibt kaltes Hühnchen zum Abendessen.»

«In diesem Fall seh ich mal nach, ob ich genug Kleingeld für eine Flasche Wein zusammenkriege. Wir können beide eine Aufmunterung gebrauchen.»

Als die schreckliche Enttäuschung erst überwunden war, beschloss Jill, der Philosophie ihrer Mutter zu folgen – wenn sich eine Sache lohnt, dann lohnt es sich auch, sie gut zu machen. Wenn schon, denn schon; war es auch nur der trübsinnige alte Edwin Makepeace, frisch von einer Beerdigung, so war er trotzdem ein Gast. Sie kochte ein Schmorgericht aus Hühnerfleisch mit Kräutern, schrubbte neue Kartoffeln, komponierte eine Soße für die Broccoli. Zum Nachtisch gab es Obstsalat aus frischen Früchten und danach eine Ecke cremigen Briekäse.

Sie polierte den Ausziehtisch im Esszimmer, deckte ihn mit den besten Sets, arrangierte Blumen (die sie gestern Abend an der Marktbude erstanden hatte), schüttelte die Patchworkkissen im Wohnzimmer im ersten Stock auf.

Ian war Edwin abholen gegangen. Edwin hatte mit zitternder Stimme am Telefon gesagt, er werde ein Taxi nehmen, aber Ian wusste, dass ihn das zehn Pfund oder mehr kosten würde, und hatte darauf bestanden, selbst zu fahren. Jill badete Robbie und zog ihm seinen neuen Schlafanzug über; anschließend zog sie das frisch gebügelte Strandkleid an, das für Wiltshire gedacht gewesen war. (Sie schlug sich die Vorstellung aus dem Kopf, wie Delphine in ihrem Auto losfuhr, nur von ihrer Staffelei und ihrem Wochenendgepäck begleitet. Die Sonne würde weiter scheinen, die Hitzewelle würde anhalten. Sie würden wieder eingeladen werden, an einem anderen Wochenende.)

Alles war bereit. Jill und Robbie knieten auf dem Sofa, das in der Fensternische des Wohnzimmers stand, und hielten nach Edwin Ausschau. Als der Wagen vor dem Haus hielt, hob sie Robbie auf die Arme und ging hinunter, um aufzumachen. Edwin kam, gefolgt von Ian, soeben die Stufen von der Straße herauf. Jill hatte ihn seit Weihnachten nicht gesehen und fand ihn beträchtlich gealtert. Sie konnte sich nicht erinnern, dass er am Stock gehen musste. Er trug eine schwarze Krawatte und einen düsteren Anzug. Er hatte kein kleines Mitbringsel bei sich, keine Blumen, keine Flasche Wein. Er sah aus wie ein Bestattungsunternehmer.

«Edwin.»

«Schön, meine Liebe, da wären wir. Nett von euch, mich einzuladen.»

Er trat ins Haus, und sie gab ihm einen Kuss. Seine alte Haut fühlte sich rau und trocken an, und er roch leicht nach Desinfektionsmittel wie ein altmodischer Arzt. Er war ein sehr dünner Mensch, seine einst kühlen blauen Augen waren jetzt blässlich und feucht. Seine Wangen waren hochrot, doch ansonsten wirkte er blutleer, farblos. Sein steifer Kragen war viel zu weit, und sein Hals war sehnig wie bei einem Truthahn.

«Tut mir Leid wegen deines Freundes.» Sie spürte, dass es wichtig war, dies gleich auszusprechen.

«Ach weißt du, wir sind alle mal dran. Siebzig Jahre, das ist die uns zugeteilte Zeitspanne, und Edgar war dreiundsiebzig. Ich bin einundsiebzig. Sag, wo soll ich meinen Stock hintun?»

Es gab keinen Platz dafür, deshalb nahm sie ihm den Stock ab und hängte ihn über das Treppengeländer.

Edwin sah sich um. Er war vermutlich noch nie in einem Haus ohne trennende Wände gewesen.

«Sieh einer an. Und das» – er beugte sich vor, sein Zinken von einer Nase zeigte direkt auf Robbies Gesicht – «ist also euer Sohn.»

Jill war gespannt, ob Robbie sie blamieren und vor Angst losheulen würde. Aber nein, er erwiderte schlicht Edwins Blick, ohne mit der Wimper zu zucken.

«Ich ... ich habe ihn aufbleiben lassen. Ich dachte, ihr wolltet euch sicher gerne kennen lernen. Aber er ist ziemlich müde.» Jetzt kam Ian zur Tür herein und machte sie hinter sich zu. «Wollen wir nach oben gehen?»

Sie ging voran, Edwin folgte ihr, Stufe für Stufe, und sie hörte seinen schweren Atem. Im Wohnzimmer setzte sie den Kleinen ab und bot Edwin einen Sessel an. «Möchtest du dich setzen?»

Er nahm vorsichtig Platz. Ian bot ihm einen Sherry an, und Jill ließ sie allein, um Robbie nach oben ins Bett zu bringen.

Kurz bevor er den Daumen in den Mund steckte, sagte er: «Nase», und sie war voller Liebe für ihn, weil er sie zum Lachen bringen wollte.

«Ich weiß», flüsterte sie. «Er hat wirklich eine große Nase, nicht?»

Er lächelte, und die Augen fielen ihm zu. Sie klappte die Seite des Gitterbettchens hoch und ging hinunter. Edwin redete noch immer von seinem alten Freund. «Wir waren im Krieg zusammen beim Militär. Army Pay Corps. Nach dem Krieg ist er nach Insurance zurückgekehrt, aber wir sind immer in Verbindung geblieben. Einmal haben wir zusammen Urlaub gemacht, Gladys, Edgar und ich. Er hat nie geheiratet. Wir waren in Budleigh Salterton.» Er sah Ian über sein Sherryglas hinweg an. «Warst du schon mal in Budleigh Salterton?»

Ian sagte nein, er sei nie in Budleigh Salterton gewesen.

«Nette Ortschaft. Prima Golfplatz. Edgar hat sich allerdings nie viel aus Golf gemacht. Er hat Tennis gespielt, als wir jünger waren, und später Bowls. Hast du schon mal Bowls gespielt, Ian?»

Ian sagte nein, er habe nie Bowls gespielt.

«Hab ich mir fast gedacht», sagte Edwin. «Du spielst Kricket, stimmt's?»

«Wenn ich dazu komme.»

«Du hast wohl viel zu tun.»

«Ja.»

«Spielst am Wochenende, nehm ich an.»

«Manchmal.»

«Ich hab das Testmatch im Fernsehen gesehen.» Er nippte vorsichtig an seinem Sherry, spitzte die Lippen. «Mit den Pakistani war nicht viel los.»

Jill stand auf und ging nach unten in die Küche. Als sie hinaufrief, das Essen sei fertig, redete Edwin immer noch über Kricket, er erinnerte sich an ein Wettspiel im Jahre 1956, das ihm besonders gut gefallen hatte. Das Geleier dieser langen Geschichte wurde durch Jills Ruf unterbrochen. Sogleich kamen die zwei Männer die Treppe herunter. Jill stand am Tisch und zündete die Kerzen an.

«In so einem Haus war ich noch nie», bemerkte Edwin, als er sich setzte und seine Serviette auseinander faltete. «Wie viel habt ihr dafür bezahlt?»

Nach einigem Zögern sagte Ian es ihm.

«Wann habt ihr's gekauft?»

«Als wir geheiratet haben. Vor drei Jahren.»

«Gar nicht übel.»

«Es war ziemlich verfallen. Es ist immer noch nichts Weltbewegendes, aber mit der Zeit kriegen wir es schon hin.»

Jill sah Edwins verstörenden starren Blick auf sich gerichtet. «Deine Schwiegermutter hat mir gesagt, du kriegst wieder ein Baby.»

«Oh. Ja ... ja, das stimmt.»

«Soll doch nicht etwa ein Geheimnis bleiben?»
«Nein. Nein, natürlich nicht.»

Mit Topfhandschuhen an den Händen schob sie ihm den Schmortopf hin. «Es ist Hühnchen.»

«Hühnchen ess ich immer gern. Während des Krieges in Indien hat's auch immer Hühnchen gegeben ...» Schon legte er wieder los. «Komisch, wie gut die Inder Hühnchen kochen konnten. Hatten wohl jede Menge Übung. Die Kühe durften sie ja nicht essen. Die sind heilig, wisst ihr ...»

Ian machte den Wein auf, und danach lief es etwas lockerer. Edwin wollte keinen Obstsalat, aß aber fast den ganzen Brie. Und er redete die ganze Zeit; er brauchte anscheinend keine Reaktionen außer hier und da einem Kopfnicken oder einem höflichen Lächeln. Er erzählte von Indien, von einem Freund, den er in Bombay kennen gelernt, von einem Tennismatch, das er einst in Camberley bestritten hatte, von Gladys' Tante, die zu weben begonnen und auf der Bezirksausstellung einen Preis gewonnen hatte.

Der lange, heiße Abend zog sich hin. Die Sonne sank am dunstigen, trockenen Himmel und verlieh ihm rosa Flecken. Edwin beklagte sich jetzt über die Unfähigkeit seiner Putzfrau, anständige Spiegeleier zu braten, und unversehens entschuldigte sich Ian und begab sich in die Küche, um Kaffee zu kochen.

Edwin, in seinem Redefluss unterbrochen, sah ihm nach. «Ist das da eure Küche?», fragte er.

«Ja.»

«Die will ich mir ansehen.» Und bevor Jill ihn zurückhalten konnte, hatte er sich hochgehievt und heftete sich an Ians Fersen. Jill folgte ihm, aber er ließ sich nicht nach oben umleiten.

«Viel Platz habt ihr nicht, wie?»

«Es reicht», sagte Ian. Edwin ging zu der Glastür und spähte durch die schmierige Scheibe.

«Was ist denn das?»

«Das ist ...» Jill trat neben ihn und blickte gequält auf das vertraute Grauen da unten. «Das ist der Garten. Bloß, wir benutzen ihn nicht, weil er so dreckig ist. Die Katzen machen dort ihr Geschäft. Und wir können auch gar nicht hinkommen. Wie du siehst.»

«Auch nicht übers Souterrain?»

«Das Souterrain ist vermietet. An eine Freundin. Delphine heißt sie.»

«Stört es sie nicht, in Tuchfühlung mit so einem Schuttplatz zu wohnen?»

«Sie – sie ist nicht oft hier. Meistens ist sie auf dem Land.»

«Hmm.» Es folgte ein langes, verstörendes Schweigen. Edwin betrachtete den Baum, seine Augen schweiften von der schmuddeligen Wurzel bis zu den obersten Zweigen. Seine Nase war wie ein Zeigestock, und die Sehnen an seinem Hals standen vor wie Seile.

«Warum fällt ihr den Baum nicht?»

Jill warf Ian einen gequälten Blick zu. Hinter Edwins Rücken verdrehte er die Augen gen Himmel, aber er sagte ganz sachlich: «Das ist ziemlich schwierig. Er ist sehr mächtig, wie du siehst.»

«Schrecklich, so einen Baum im Garten zu haben.»

«Ja», pflichtete Jill ihm bei. «Es ist sehr unerfreulich.»

«Warum unternehmt ihr nichts dagegen?»

Ian sagte rasch: «Der Kaffee ist fertig. Gehen wir nach oben.»

Edwin drehte sich zu ihm um. «Ich hab gesagt, warum unternehmt ihr nichts dagegen?»

«Tu ich bestimmt. Eines Tages», sagte Ian.

«Sinnlos, auf ‹eines Tages› zu warten. Eines Tages bist du so alt wie ich, und der Baum steht immer noch da.»

«Kaffee?», fragte Ian.

«Und die Katzen sind ungesund. Ungesund für Kinder, die sich dort aufhalten.»

«Ich lasse Robbie nicht in den Garten», sagte Jill zu ihm. «Ich könnte es gar nicht, selbst wenn ich wollte, weil es keinen Weg hinein gibt. Ich glaube, früher gab's hier mal einen Balkon und eine Treppe in den Garten, aber davon war schon nichts mehr da, als wir das Haus gekauft haben, und irgendwie ... wir sind nie dazu gekommen, sie zu erneuern.» Sie wollte auf keinen Fall, dass es sich anhörte, als wären sie und Ian mittellos und bedauernswert. «Ich meine, es gab so viel anderes zu tun.»

Edwin sagte wieder «hmm». Die Hände in den Taschen, stand er da und sah hinaus, und nach einer Weile fragte sich Jill, ob er im Begriff sei, in eine Art Trance zu verfallen. Dann aber wurde er ganz munter, nahm die Hände aus den Taschen und sagte unwirsch zu Ian: «Ich dachte, du wolltest uns Kaffee machen? Wie lange sollen wir noch warten?»

Er blieb noch eine Stunde, und seine sterbenslangweiligen Anekdoten strömten unaufhörlich. Schließlich schlug die Uhr einer benachbarten Kirche elf, und Edwin stellte seine Kaffeetasse hin, sah auf seine Uhr und verkündete, es sei Zeit, dass Ian ihn zum Hotel fahre. Sie gingen alle nach unten. Ian nahm seine Autoschlüssel und machte die Haustür auf. Jill reichte Edwin seinen Stock.

«War ein netter Abend. War schön, mal euer Haus zu sehen.»

Sie gab ihm wieder einen Kuss. Er ging hinaus, die Stufen hinunter zum Auto. Ian, bemüht, nicht zu eilfertig zu erscheinen, hielt den Wagenschlag auf. Der alte Herr stieg vorsichtig ein, verstaute seine Beine und seinen Stock. Ian machte die Tür zu, ging um das Auto herum und stieg auf der Fahrerseite ein. Immer noch lächelnd, winkte Jill ihnen nach. Erst als das Auto am Ende der Straße um die Ecke verschwand, fiel das Lächeln von ihr ab, und sie ging erschöpft ins Haus, um den Abwasch in Angriff zu nehmen.

Später, im Bett, sagte Jill: «So schlimm war er gar nicht.»

«Nein, das nicht, aber er nimmt alles so selbstverständlich, als wären wir ihm etwas schuldig. Er hätte dir wenigstens eine einzige rote Rose oder eine Tafel Schokolade mitbringen können.»

«Das ist nun mal nicht seine Art.»

«Und seine Geschichten! Armer Edwin, ich glaube, er ist ein geborener Langweiler. Darauf versteht er sich glänzend.»

«Wenigstens mussten wir uns nicht überlegen, was wir sagen sollten.»

«Das Essen war köstlich, und du warst lieb zu ihm.» Er gähnte mächtig und wälzte sich auf die andere Seite; er wollte nur noch schlafen. «Jedenfalls haben wir's hinter uns. Das war das Ende vom Lied.»

Aber da hatte Ian sich geirrt. Es war nicht das Ende vom Lied, wenn auch zwei Wochen vergingen, bevor etwas geschah. Es war wieder Freitag, und Jill war wie gewöhnlich in der Küche und machte das Abendessen, als Ian aus dem Büro nach Hause kam.

«Hallo, Liebling.»

Er schloss die Tür, warf seine Aktenmappe hin, gab Jill einen Kuss. Er setzte sich auf einen Stuhl, und sie sahen sich über den Tisch hinweg an. Er sagte: «Es ist etwas Merkwürdiges passiert.»

Jill war sehr gespannt. «Was schönes Merkwürdiges oder was schrecklich Merkwürdiges?»

Grinsend zog er einen Brief aus seiner Tasche und warf ihn ihr zu. «Lies mal.»

Verwundert nahm Jill das Schreiben und faltete es auseinander. Es war ein langer, maschinengeschriebener Brief. Von Edwin.

Mein lieber Ian!

Ich schreibe, um mich für den schönen Abend bei euch und das ausgezeichnete Essen zu bedanken und dir zu sagen, wie sehr ich es zu schätzen weiß, dass du mich hin und zurück gefahren hast. Ich muss sagen, es geht mir gegen den Strich, die horrenden Taxipreise zu bezahlen. Es hat mich gefreut, euer Kind und euer Haus zu sehen. Ihr habt jedoch offensichtlich ein Problem mit eurem Garten, und ich habe mir darüber ein paar Gedanken gemacht.

Zuallererst müsst ihr den Baum loswerden. Ihr dürft ihm auf gar keinen Fall selber zu Leibe rücken. Es gibt eine Reihe Fachbetriebe in London, die auf solche Arbeiten spezialisiert sind, und ich habe mir die Freiheit genommen, drei zu beauftragen, bei euch vorbeizukommen, wann es euch passt, und Kostenvoranschläge zu machen. Ist der Baum erst weg, werdet ihr euch besser überlegen können, was ihr mit eurem Grundstück anstellen wollt, doch fürs Erste würde ich Folgendes vorschlagen.

Von hier ab las sich der Brief wie eine Bauanleitung. Die bestehenden Mauern reparieren, neu verfugen und weiß streichen. Auf den Mauern einen Gitterzaun gegen unerwünschte Blicke errichten. Das Erdreich reinigen und ebnen und mit Platten belegen – zur leichteren Reinigung in einer Ecke unauffällig eine Abflussrinne installieren. Vor dem Küchenfenster ein Holzpodest – vorzugsweise Teak – errichten, auf Stahlträger gestützt, und mit einer Holztreppe als Zugang zu dem Garten darunter.

Ich glaube [fuhr Edwin fort], hiermit wären die baulichen Notwendigkeiten mehr oder weniger abgedeckt. Ihr möchtet vielleicht vor einer der Mauern ein erhöhtes Blumenbeet oder rings um den Stumpf des gefällten Baumes einen kleinen Steingarten anlegen, aber das liegt ganz bei euch.

Bleibt noch das Problem mit den Katzen. Auch hierüber habe ich ein paar Erkundigungen eingezogen und erfahren, dass es ein ausgezeichnetes Abwehrmittel gibt, das gefahrlos angewendet werden kann, wo Kinder sind. Ein, zwei Spritzer dürften hier Abhilfe schaffen, und sind Erdreich und Gras erst mit Platten belegt, sehe ich keinen Anlass, weswegen die Katzen wiederkommen sollten, sei es aus natürlichen oder anderen Bedürfnissen.

Das alles wird sicher eine Menge Geld verschlingen. Es ist mir klar, dass es bei der Inflation und den steigenden Lebenshaltungskosten für ein junges Paar nicht immer leicht ist, über die Runden zu kommen. Und ich möchte euch gerne helfen. Ich habe euch zwar in meinem Testament bedacht, aber ich halte es für viel vernünftiger, euch das Geld jetzt zu vermachen. Dann könnt ihr euch euren Garten vornehmen, und ich werde hoffentlich das Vergnügen haben, ihn fix und fertig zu sehen, bevor ich meinem lieben Freund Edgar folge und von hinnen scheide.

Übrigens, deine Mutter hat durchblicken lassen, dass ihr auf ein vergnügliches Wochenende verzichtet habt, um mich am Abend von Edgars Beerdigung aufzuheitern. Du bist genauso liebenswert wie sie, und ich bin glücklicherweise in einer finanziellen Lage, die mir erlaubt, meine Schulden zu begleichen.

Mit den besten Wünschen
Dein Edwin

Edwin. Sie konnte seine krakelige Unterschrift kaum sehen, weil ihre Augen voller Tränen waren. Sie stellte sich vor, wie er in seinem düsteren Häuschen in Woking saß, in ihre Probleme vertieft, sich Lösungen überlegte, sich die Zeit nahm, geeignete Firmen herauszusuchen, vermutlich endlose Telefongespräche führte, kleine Berechnungen anstellte, kein winziges Detail vergaß, sich alle Mühe gab ...

«Na?», sagte Ian leise.

Die Tränen liefen ihr über die Wangen. Sie versuchte, sie mit einer Hand wegzuwischen.

«Das hätte ich nie gedacht. Ich hätte nie gedacht, dass er so etwas tun würde. O Ian, und wir waren so gemein.»

«Du nicht. Du weißt ja nicht mal, was gemein sein heißt.»

«Ich ... ich hatte keine Ahnung, dass er überhaupt Geld hat.»

«Ich glaube, das hat niemand von uns gewusst. Jedenfalls nicht so viel Geld.»

«Wie können wir ihm jemals danken?»

«Indem wir ganz genau tun, was er uns vorschlägt, und ihn dann zur Garteneinweihung einladen. Wir geben eine kleine Party.» Er grinste. «Das wird eine nette Abwechslung.»

Sie sah durch die schmierige Scheibe nach draußen. Eine Papiertüte aus einem benachbarten Mülleimer hatte den Weg in den Garten gefunden, und der grässlichste der Kater, der mit dem zerrissenen Ohr, saß auf der Mauer und beäugte Jill.

Sie erwiderte den kalten Blick seiner grünen Augen mit Gleichmut. Sie sagte: «Ich kann meine Wäsche draußen aufhängen. Ich besorge Blumentöpfe und pflanze Knollen für den Frühling, und im Sommer pflanze ich Efeugeranien. Und Robbie kann draußen spielen, und wir bauen einen Sandkasten. Und wenn der Balkon groß genug ist, kann ich das Baby im Wagen dort rausstellen. O Ian, wird es nicht wunderbar? Ich brauche nie mehr in den Park zu gehen, denk doch nur.»

«Weißt du, was ich denke?», sagte Ian. «Ich denke, es wäre eine gute Idee, Edwin anzurufen.»

Sie gingen zum Telefon, wählten Edwins Nummer. Sie standen dicht beisammen, die Arme umeinander gelegt, und warteten, dass der alte Herr an den Apparat ging.

# DAS HAUS AUF DEM HÜGEL

Das Dorf war winzig klein. In den zehn Jahren seines Lebens hatte Oliver noch keine so klitzekleine Ortschaft gesehen. Sechs graue Häuser aus Granit, eine Wirtschaft, eine alte Kirche, ein Pfarrhaus und ein kleiner Laden. Vor diesem parkte ein verbeulter Lieferwagen, irgendwo bellte ein Hund, doch davon abgesehen schien alles wie ausgestorben.

Mit dem Korb und Sarahs Einkaufsliste in der Hand öffnete er die Ladentür, über der JAMES THOMAS, LEBENSMITTEL UND TABAKWAREN geschrieben stand, und ging hinein, zwei Stufen hinab. Die zwei Männer an der Theke, der eine davor, der andere dahinter, drehten sich nach ihm um.

Er schloss die Tür hinter sich. «Kleinen Moment», sagte der Mann hinter der Theke, vermutlich James Thomas, ein kleiner, glatzköpfiger Herr in einer braunen Strickjacke. Er sah wie ein ganz gewöhnlicher Mensch aus. Der andere Mann hingegen, der eingekauft und nun eine Unmenge Lebensmittel zu bezahlen hatte, war nicht im Mindesten gewöhnlich, sondern so groß, dass er sich im Stehen leicht bücken musste, um nicht mit dem Kopf an die Deckenbalken zu stoßen. Er trug eine Lederjacke, geflickte Jeans und riesengroße Arbeiterstiefel, er hatte rote Haare und einen ebenso roten Bart. Oliver, der wusste, dass es sich nicht gehörte, Menschen anzustarren, starrte ihn an, und der Mann starrte aus einem Paar hellblauer, harter Augen ungerührt zurück. Es war verstörend: Oliver versuchte ein zaghaftes Lächeln, aber das wurde nicht erwidert, und der bärtige Mann sagte kein Wort. Kurz darauf wandte er sich zur Theke und holte ein Bündel Geldscheine aus seiner Gesäßtasche. Mr. Thomas tippte die Preise in die Kasse und gab ihm den Zettel.

«Sieben Pfund fünfzig, Ben.»

Sein Kunde bezahlte, stapelte dann zwei voll beladene Lebensmittelkartons übereinander, hob sie mühelos auf und steuerte auf die Tür zu. Oliver ging hin und hielt sie ihm auf. Auf der Schwelle sah der bärtige Mann auf ihn herunter. «Danke.» Seine Stimme war tief wie ein Gong. Ben. Man konnte ihn sich auf dem Achterdeck eines Piratenschiffes Befehle bellend oder als Angehörigen einer mörderischen Bande von Strandräubern vorstellen. Oliver sah zu, wie er seine Kartons durch die Hecktür in seinem Lieferwagen verstaute, dann auf den Fahrersitz kletterte und den Motor anließ. Mit dröhnendem Auspuff und unter Prasseln von Straßensplitt fuhr das ramponierte Vehikel los. Oliver schloss die Tür und ging in den Laden zurück.

«Womit kann ich dienen, junger Mann?»

Oliver gab ihm die Liste. «Das ist für Mrs. Rudd.»

Mr. Thomas sah ihn lächelnd an. «Dann musst du Sarahs kleiner Bruder sein. Sie hat gesagt, dass du sie besuchen kommst. Wann bist du angekommen?»

«Gestern Abend. Mit dem Zug. Ich bin am Blinddarm operiert, deshalb bleib ich zwei Wochen bei Sarah, bis ich wieder in die Schule muss.»

«Du wohnst in London, nicht?»

«Ja. In Putney.»

«Hier kommst du schnell wieder zu Kräften. Bist das erste Mal hier, wie? Wie gefällt dir das Tal?»

«Es ist schön. Ich bin vom Hof runtergelaufen.»

«Hast du Dachse gesehen?»

«Dachse?» Er wusste nicht, ob Mr. Thomas ihn auf den Arm nahm. «Nein.»

«Geh mal im Zwielicht ins Tal runter, dann kannst du Dachse sehen. Und wenn du die Klippen runtergehst, kannst du die Seehunde beobachten. Wie geht's Sarah?»

«Gut.» Zumindest hoffte er, dass es ihr gut ging. Sie erwartete in zwei Wochen ihr erstes Baby, und er war mächtig erschrocken, als er seine schlanke, hübsche Schwester auf einen so kolossalen Umfang angeschwollen sah. Nicht, dass sie nicht trotzdem hübsch wäre. Bloß gewaltig.

«Sicher hilfst du Will auf dem Hof.»

«Ich bin früh aufgestanden und hab ihm beim Melken zugeguckt.»

«Wir machen noch einen Bauern aus dir. So, sehen wir mal nach ... ein Pfund Mehl, ein Glas Pulverkaffee, drei Pfund Zucker ...» Er packte alles in den Korb. «Nicht zu schwer für dich?»

«Nein, das schaff ich schon.» Er bezahlte aus Sarahs Geldbörse und bekam einen Riegel Milchschokolade geschenkt. «Danke schön.»

«Das stärkt dich für den Weg bergauf zum Hof. Pass gut auf.»

Mit dem Korb am Arm verließ Oliver das Dörfchen, überquerte die Hauptstraße und gelangte auf den schmalen Pfad, der sich das Tal hinauf zu Will Rudds Hof wand. Es war ein herrlicher Spaziergang; ein Flüsschen begleitete den Weg, wechselte zuweilen die Seite, sodass hin und wieder eine kleine steinerne Brücke zu überqueren war, wo es sich gut übers Geländer beugen und nach Fischen und Fröschen Ausschau halten ließ. Es war eine offene Heidelandschaft, mit gelbbraunem Farngestrüpp und Stechginster durchsetzt.

Die kräftigen Ginsterstämme lieferten den Brennstoff für Sarahs Feuer – neben dem Treibholz, das sie auf ihren Spaziergängen am Meer sammelte. Das Treibholz spuckte und roch nach Teer, aber der Ginster verbrannte sauber zu weißglühender Asche.

Auf halbem Wege talaufwärts gelangte er zu dem einzeln stehenden Baum. Eine alte Eiche, die ihre Wurzeln in das Ufer des Flüsschens gegraben, den Winden von Jahrhunderten getrotzt und, missgestaltet und verrenkt gewachsen, eine ehrwürdige Reife erreicht hatte. Ihre Zweige waren kahl, die abgefallenen Blätter bedeckten den Erdboden, und als Oliver den Hügel heruntergekommen war, hatte er das Laub mit den Schuhspitzen seiner Gummistiefel hochgeworfen. Als er aber jetzt hinkam, blieb er entsetzt und angewidert stehen, denn mitten zwischen den Blättern lag der Kadaver eines jüngst getöteten Kaninchens, das Fell zerrissen, und aus der Wunde in seinem Bauch quollen grauenhafte rote Eingeweide.

Ein Fuchs vielleicht, mitten in seinem Imbiss aufgeschreckt. Vielleicht lauerte er just in diesem Moment im hohen Farnkraut, mit kalten, gierigen Augen. Oliver schaute sich um, doch nichts rührte sich, nur der Wind, der die Blätter bewegte. Oliver fürchtete sich. Etwas trieb ihn, nach oben zu blicken, und hoch am blassen Novemberhimmel sah er einen Falken schweben, der darauf wartete, herabzustoßen. Schön und todbringend. Das Land war grausam. Tod, Geburt, Überleben waren ringsum. Er beobachtete den Falken ein Weilchen, dann eilte er, einen großen Bogen um das tote Kaninchen schlagend, den Hügel hinauf.

Es war tröstlich, wieder in das Bauernhaus zu kommen, die Stiefel auszuziehen und in die warme Küche zu gehen. Der Tisch war fürs Mittagessen gedeckt, und dort saß Will und las die Zeitung, aber als Oliver erschien, legte er sie beiseite.

«Wir dachten schon, du hast dich verlaufen.»

«Ich hab ein totes Kaninchen gesehen.»

«Die gibt's hier jede Menge.»

«Und einen Falken, der hat gelauert.»

«Ein kleiner Turmfalke. Den hab ich auch gesehen.»

Sarah stand am Herd und schöpfte Suppe in Schalen. Außerdem gab es eine Schüssel mit flockigem Kartoffelbrei und einen Laib Mischbrot. Oliver bestrich eine Scheibe mit Butter, und Sarah setzte sich ihm gegenüber, mit etwas Abstand vom Tisch, wegen ihres Leibesumfangs.

«Hast du den Laden gleich gefunden?»

«Ja, und da war ein Mann, riesengroß, er hatte rote Haare und einen roten Bart. Er hieß Ben.»

«Das ist Ben Fox. Will hat ihm oben auf dem

Hügel ein Häuschen vermietet. Von deinem Zimmerfenster aus kannst du seinen Schornstein sehen.»

Das hörte sich unheimlich an. «Was macht er?»

«Er ist Holzschnitzer. Er hat da oben eine Werkstatt, und er verdient nicht schlecht. Er lebt allein, abgesehen von einem Hund und ein paar Hühnern. Es führt kein Fahrweg zu seinem Haus, deshalb stellt er seinen Lieferwagen unten an der Straße ab und trägt alles, was er braucht, auf dem Rücken nach oben. Manchmal, wenn es was Schweres ist, zum Beispiel ein neuer Grubber, leiht Will ihm den Traktor, dafür hilft er uns, wenn die Schafe lammen oder beim Heumachen.»

Oliver dachte hierüber nach, während er seine Suppe aß. Es hörte sich ganz freundlich und harmlos an, aber damit ließen sich die Kälte in den blauen Augen, die Unfreundlichkeit des Mannes nicht erklären.

«Wenn du magst», sagte Will, «nehm ich dich mit zu ihm rauf. Eine von meinen Kühen hat eine Vorliebe für den Abhang, bei jeder Gelegenheit haut sie mit ihrem Kalb dorthin ab. Sie ist jetzt oben. Seit heute Morgen. Heute Nachmittag muss ich sie zurückholen.»

«Du musst die Mauer reparieren», warf Sarah ein.

«Wir nehmen Pfähle und Zaundraht mit und

sehen zu, wie wir's hinkriegen.» Er grinste Oliver an. «Du hast doch Lust, oder?»

Oliver antwortete nicht gleich. Eigentlich fürchtete er sich davor, Ben Fox wieder zu begegnen, und doch zog der Mann ihn an. Außerdem konnte ihm nichts passieren, wenn Will dabei war. Sein Entschluss war gefasst. «Ja, ich hab Lust.» Und Sarah lächelte und schöpfte noch eine Kelle Suppe in seine Schale.

Eine halbe Stunde später brachen sie auf, begleitet von Wills Schäferhund. Oliver trug eine Rolle Zaundraht, Will hatte sich ein paar stämmige Zaunpfähle auf die Schulter geladen. Ein schwerer Hammer zog die Tasche seiner Latzhose nach unten.

Quer über Weiden und Felder stiegen sie zur Heide auf. Am Ende des letzten Feldes kamen sie zu einer Mauerlücke, wo die abtrünnige Kuh in ihrem entschlossenen Bemühen, hindurch zu gelangen, mehrere Steine beiseite gestoßen hatte. Hier legte Will Pfähle, Hammer und Draht ab, stieg dann über die Mauer und ging voran in das Gestrüpp aus Farn und Dornensträuchern, das hinter der Mauer lag. Ein schmaler Pfad führte labyrinthartig durchs Unterholz, kaum zu sehen durch die dornigen Ginsterbüsche, doch am Ende kamen sie an den Fuß der großen Steinhaufen, steil wie Klippen, die den Hügel krönten. Zwischen zwei dieser mächtigen Felsblöcke gelangten sie durch eine schmale Schlucht zur Kuppe hinauf, wo die moosige Grasnarbe von mit Flechten bewachsenen Granitsteinen durchsetzt war und die kühle, salzige Luft, die direkt vom Meer her wehte, wohl tuend Olivers Lungen füllte. Er sah die See im Norden, die Heide im Süden. Und dann das Häuschen. Sie standen unvermutet davor. Eingeschossig duckte es sich vor den Elementen, in eine natürliche Höhlung des Terrains geschmiegt. Aus dem Schornstein stieg Rauch. Ein kleiner Garten war vorhanden, von einer Trockenmauer geschützt. An der Mauer standen friedlich mampfend Wills Kuh und ihr Kalb.

«Dummes Tier», sagte Will zu ihr. Sie ließen sie grasen und gingen zur Vorderseite des Hauses, wo ein geräumiger Holzschuppen mit einem Wellblechdach stand. Die Tür stand offen, und von drinnen kam das Kreischen einer Kettensäge, dann ein wildes Gebell, und im nächsten Moment schoss ein großer schwarzweißer Hund zu ihnen hinaus; er machte ein beängstigendes Spektakel, aber nicht, wie Oliver erleichtert feststellte, um was noch Schlimmeres zu tun.

Will begrüßte das große Tier. Das Geräusch der Kettensäge verstummte abrupt. Gleich darauf erschien Ben Fox in der Tür.

«Will.» Diese tiefe, brummende Stimme. «Kommst wegen der Kuh, ja?»

«Hoffentlich hat sie keinen Schaden angerichtet.»

«Nicht dass ich wüsste.»

«Ich zäune die Lücke ein.»

«Sie ist unten auf der Weide besser aufgehoben, hier oben könnte sie sich verletzen.» Seine Augen wanderten zu Oliver, der mit erhobenem Gesicht stand und starrte.

«Das ist Sarahs Bruder Oliver», sagte Will.

«Hab ich dich nicht heute Morgen gesehen?»

«Ja. Im Laden.»

«Ich hatte keine Ahnung, wer du warst.» Er wandte sich wieder Will zu. «Tasse Tee gefällig?»

«Wenn du gerade welchen machst.»

«Dann kommt rein.»

Sie folgten ihm durch ein Tor in der Mauer, das er öffnete und hinter ihnen sorgfältig zuklinkte. Der Garten war gepflegt und üppig bepflanzt, mit lauter Gemüse und kleinen Apfelbäumen. Ben Fox zog seine Stiefel aus und ging hinein, indem er seinen mächtigen rothaarigen Kopf unter dem Türsturz duckte, und Will und Oliver zogen ebenfalls ihre Stiefel aus und folgten ihm in ein Zimmer, das so unerwartet war, dass Oliver nur ungläubig staunen konnte. Denn alle Wände waren mit Bücherregalen bedeckt, und jedes Regal war gerammelt voll mit Büchern. Ebenso überraschend waren die Möbel. Ein großes Sofa, ein eleganter Brokatsessel, eine kostspielige Stereoanlage mit Stapeln von Langspielplatten. Überall auf dem schlichten Holzfußboden lagen Teppiche, die Oliver schön fand und für kostbar hielt. Im Kamin brannte ein Feuer, und auf dem Granitsims stand eine erstaunliche Uhr aus Gold und türkisblauer Emaille, deren sich langsam drehender Mechanismus hinter Glas sichtbar war.

Alles war, wenn auch unordentlich, reinlich und tadellos in Schuss, und auch Ben Fox hatte etwas von dieser Reinlichkeit, als er den Elektrokocher mit Wasser füllte und einstöpselte, dann Tassen, einen Krug Milch und eine Zuckerschale holte. Als der Tee fertig war, setzten sich alle drei an den gescheuerten Tisch, und die Männer unterhielten sich, ohne Oliver in ihr Gespräch einzubeziehen. Er saß mucksmäuschenstill und warf zwischen Schlucken glühend heißen Tees verstohlene Blicke auf das Gesicht seines Gastgebers. Er war überzeugt, dass es da ein Geheimnis gab; die ausdruckslosen Augen verwirrten ihn.

Als die Zeit zum Gehen kam, sagte er, der nichts zur Unterhaltung beigetragen hatte: «Danke.» Das Schweigen, das darauf folgte, war verwirrend. Er fügte hinzu: «Für den Tee.»

Es kam kein Lächeln. «Gern geschehen», sagte

Ben Fox. Das war alles. Es war Zeit, zu gehen. Sie trieben die Kuh und das Kalb zusammen und machten sich auf den Heimweg. Bevor sie in die schmale Schlucht hinunterstiegen, drehte Oliver sich auf der Hügelkuppe um, um zum Abschied zu winken, aber der bärtige Mann war verschwunden, ebenso sein Hund, und als Oliver Will vorsichtig den steilen Pfad hinab folgte, hörte er, dass das Kreischen der Kettensäge wieder einsetzte …

Als Will die Lücke in der Mauer einzäunte, fragte Oliver: «Wer ist der Mann?»

«Ben Fox.»

«Weißt du sonst nichts über ihn?»

«Nein, und ich will auch nichts wissen, es sei denn, er erzählt es mir von sich aus. Jeder Mensch hat ein Recht auf sein Privatleben. Warum soll ich mich in seine Angelegenheiten einmischen?»

«Wie lange wohnt er schon hier?»

«Zwei Jahre.»

Er fand es erstaunlich, dass man zwei Jahre mit jemand benachbart sein konnte und trotzdem nichts über ihn wusste.

«Vielleicht ist er ein Verbrecher. Auf der Flucht vor der Polizei. Er sieht aus wie ein Seeräuber.»

«Du darfst einen Menschen nie nach seinem Aussehen beurteilen», ermahnte ihn Will. «Ich weiß nur, dass er Kunsthandwerker ist und anscheinend nicht schlecht verdient. Die Miete bezahlt er regelmäßig. Was soll ich sonst noch über ihn wissen wollen? Jetzt halt mal den Hammer, und ich nehm dieses Ende von dem Draht ...»

Später versuchte Oliver, Sarah auszuquetschen, aber sie war auch nicht mitteilsamer als Will.

«Kommt er euch manchmal besuchen?», wollte er wissen.

«Nein. Wir haben ihn Weihnachten eingeladen, aber er sagte, er wäre lieber allein.»

«Hat er Freunde?»

«Keine engen. Aber manchmal kann man ihn samstagabends in der Kneipe sehen, und die Leute scheinen ihn zu mögen ... Er ist nur sehr zurückhaltend.»

«Vielleicht hat er ein Geheimnis.»

Sarah lachte. «Hat das nicht jeder?»

*Vielleicht ist er ein Mörder.* Der Gedanke schoss ihm durch den Kopf, aber er war zu schrecklich, um ihn auszusprechen. «Er hat das Haus voll mit Büchern und kostbaren Sachen.»

«Ich glaube, er ist ein gebildeter Mann.»

«Vielleicht sind die Sachen gestohlen.»

«Das glaube ich kaum.»

Sie machte ihn wahnsinnig. «Aber Sarah, willst du es denn nicht wissen?»

«Ach Oliver.» Sie zauste ihm die Haare. «Lass den armen Ben Fox in Frieden.»

Als sie an diesem Abend beim Feuer saßen, kam Wind auf. Zuerst ein sachtes Wimmern und Pfeifen, dann stärker, er brauste durchs Tal, schlug mit kräftigen Stößen an die dicken Mauern des alten Hauses. Fenster klirrten, Vorhänge wehten. Als Oliver ins Bett ging, lauschte er eine Weile ehrfürchtig auf das wütende Stürmen. Hin und wieder ließ der Wind nach, und dann konnte Oliver das Toben der Brecher an den Klippen hinter dem Dorf hören.

Er stellte sich vor, wie die gewaltigen Sturzwellen heranrollten, dann dachte er an das tote Kaninchen und den schwebenden Falken und all die Schrecknisse dieser urzeitlichen Landschaft. Er dachte an das kleine Haus, schutzlos hoch oben auf dem Hügel, und an Ben Fox darin, mit seinem Hund und seinen Büchern und den ernsten Augen und seinem Geheimnis. *Vielleicht ist er ein Mörder.* Er schauderte und wälzte sich im Bett herum, zog sich die Decke über die Ohren, aber nichts vermochte das Geräusch des Windes fern zu halten.

Am nächsten Morgen hatte der Sturm nicht nachgelassen. Der Wirtschaftshof war mit angewehtem Unrat übersät, und ein paar schadhafte Ziegel waren vom Dach gerissen worden, doch der Schaden war nicht gleich zu erkennen, weil der Wind Regen mitgebracht hatte, einen dichten Sprühregen, der jegliche Sicht behinderte. Es war, als sei man in einer Wolke, die einen von der Außenwelt abschnitt.

«So ein grässlicher Morgen», sagte Will beim Frühstück. Er hatte seinen guten Anzug an und war in Schlips und Kragen, weil er auf den Markt gehen wollte. Oliver sah ihm von der Tür aus nach, als er losfuhr. Er nahm den Lieferwagen, damit Sarah den Personenwagen zur Verfügung hatte. Als er über den Weidenrost des ersten Gatters rumpelte, verschwand der Lieferwagen, vom Dunst verschluckt. Oliver machte die Tür zu und ging wieder in die Küche.

«Was möchtest du heute machen?», fragte Sarah ihn. «Ich hab Zeichenpapier und neue Filzstifte für dich. Extra für einen Regentag gekauft.»

Aber er hatte keine große Lust zu malen. «Was machst du?»

«Ich werde ein bisschen backen.»

«Rosinenbrötchen?» Er war ganz versessen auf Sarahs Rosinenbrötchen.

«Ich hab keine Rosinen mehr.»

«Ich kann zum Laden gehen, welche kaufen.»

Sie lächelte ihn an. «Macht es dir nichts aus, den weiten Weg zu gehen, in diesem Nebel?»

«Nein, das schaff ich schon.»

«Schön, wenn du es gerne möchtest. Aber zieh deinen Regenmantel und deine Gummistiefel an.»

Mit ihrer Geldbörse in der Tasche, den Regenmantel bis zum Hals zugeknöpft, ging er los. Er kam sich abenteuerlich vor, wie ein Forscher, und die Gewalt des Windes beflügelte ihn. Er ging gegen den Wind, sodass er sich manchmal dagegen stemmen musste, und der Sprühregen durchnässte ihn; seine Haare klebten ihm in kürzester Zeit am Kopf, und das Wasser lief ihm den Nacken hinunter. Die Erde war schlammig und mit abgerissenen Farnblättern übersät, und als Oliver die erste Brücke erreichte und sich über das Geländer beugte, sah er das braune Wasser des angeschwollenen Flusses sturzbachartig zum Meer strömen.

Es war sehr anstrengend. Um sich aufzumuntern, dachte er an den Rückweg, wenn er den Wind im Rücken haben wurde. Vielleicht würde ihm Mr. Thomas wieder einen Schokoriegel schenken, den er auf dem Heimweg mampfen könnte.

Doch er sollte nicht bis ins Dorf oder in den Laden gelangen. Denn als er an die Wegbiegung kam, wo die Eiche stand, konnte er nicht weiter. Nach Jahrhunderten hatte der alte Baum am Ende dem Wind nachgegeben; entwurzelt lag er da, ein Gewirr aus mächtigem Stamm und abgebrochenen Ästen, die oberen Zweige unentwirrbar mit den abgerissenen Telefondrähten verheddert. Es war ein Furcht erregender Anblick. Doch noch größere Angst machte ihm die Erkenntnis, dass dieses Unglück eben erst passiert sein konnte, denn Will war mit seinem Lieferwagen durchgekommen. *Er hätte auf mich fallen können.* Er malte sich aus, wie er unter dem gewaltigen Stamm eingequetscht war, tot wie das Kaninchen, denn kein Lebewesen könnte ein so entsetzliches Schicksal überleben. Sein Mund war trocken. Es schnürte ihm die Kehle zu, er schauderte, da ihm plötzlich kalt war, dann machte er kehrt und rannte nach Hause.

«Sarah?»

In der Küche war sie nicht.

«Sarah!» Er hatte seine Stiefel ausgezogen und fummelte an den Knebeln seines triefnassen Regenmantels.

«Ich bin im Schlafzimmer.»

Er raste auf Strümpfen nach oben. «Sarah, die Eiche ist auf die Straße gestürzt. Ich konnte nicht ins Dorf. Und...» Er brach ab. Irgendwas stimmte nicht. Sarah lag voll angezogen auf dem Bett, die Hand auf den Augen, das Gesicht sehr blass. «Sarah?» Langsam nahm sie die Hand herunter, ihre Blicke trafen sich, sie brachte ein Lächeln zustande. «Sarah, was hast du?»

«Ich … ich hab das Bett gemacht. Und ich … Oliver, ich glaube, das Baby will kommen.»

«Das Baby …? Aber es soll doch erst in zwei Wochen kommen.»

«Ja, ich weiß.»

«Bist du ganz sicher?»

Nach einer Weile sagte sie: «Ja, ich bin sicher. Wir sollten vielleicht das Krankenhaus anrufen.»

«Das geht nicht. Der Baum hat die Telefondrähte runtergerissen.»

Die Straße blockiert. Die Telefonleitung tot. Und Will weit weg in Truro. Sie sahen sich stumm an, das Schweigen war mit Bangen und Bestürzung befrachtet.

Er wusste, dass er etwas tun musste. «Ich geh ins Dorf. Ich kletter durch den Baum oder geh außen rum über die Heide.»

«Nein.» Sie hatte sich wieder in der Gewalt und nahm zum Glück die Sache in die Hand. Sie setzte sich auf, schwang die Beine über die Bettkante. «Das würde zu lange dauern …»

«Kommt das Baby bald?»

Sie brachte ein Grinsen zustande. «Nicht sofort. Ein Weilchen halte ich schon noch durch. Aber ich glaube, wir sollten keine Zeit verlieren.»

«Dann sag mir, was ich tun soll.»

«Ben Fox holen», sagte Sarah. «Du findest den Weg, du warst gestern mit Will oben. Sag, er soll kommen und uns helfen – und er muss seine Kettensäge mitbringen, für den Baum.»

*Ben Fox holen.* Oliver sah seine Schwester entsetzt an. Ben Fox holen ... allein im Nebel den Hügel hinaufgehen, um Ben Fox zu holen. Hatte sie eine Ahnung, was sie da von ihm verlangte? Aber während er so dastand, zog sie sich vorsichtig hoch, legte die Hände auf die große Wölbung ihres Bauches, und ihn überkam eine seltsame Woge von Beschützerinstinkt, so als sei er kein Junge, sondern ein erwachsener Mann.

Er sagte: «Hältst du's durch?»

«Ja. Ich mach mir eine Tasse Tee und setze mich ein bisschen hin.»

«Ich mach so schnell ich kann. Ich renn den ganzen Weg.»

Er dachte daran, Wills Schäferhund mitzunehmen, aber der Hund gehorchte nur seinem Herrn und wollte den Hof nicht verlassen. Also machte Oliver sich allein auf den Weg in Richtung der Felder, die er gestern mit Will überquert hatte. Trotz des Nebels war das erste Stück nicht schwierig, und er fand sogleich die Lücke in der Mauer, wo sie den provisorischen Zaun angebracht hatten, aber als er darüber geklettert war und sich in dem Unterholzgewirr befand, wurde es schwierig. Der Wind schien hier oben grimmiger denn je, der Regen noch kälter. Es regnete ihm in die Augen, sodass er fast nichts mehr sah, und er konnte den Pfad nicht finden, konnte nicht über seine Nasenspitze hinaussehen. Jeglicher Entfernungs- und Richtungssinn war ihm abhanden gekommen. Er stolperte über Dornen, Stechginster riss an seinen Beinen, und mehr als einmal rutschte er im Schlamm aus und fiel hin, wobei er sich schmerzhaft die Knie aufschürfte. Aber irgendwie kämpfte er sich voran, kletterte unermüdlich bergauf. Er sagte sich, er müsse nur oben ankommen, danach würde es leicht sein. Er würde Ben Fox' Haus finden. Er würde Ben Fox finden.

Nach einer Weile, die ihm wie eine Ewigkeit erschien, langte er endlich am Fuß der Felsblöcke an. Er hob die Hände und lehnte sich an die feste Granitwand, die nass und kalt war und steil wie eine Klippe. Der Pfad war wieder verschwunden, und Oliver wusste, er musste die Schlucht finden. Aber wie? Außer Atem, taillentief in Stechginster, ohne Orientierung, war er mit einem Mal von einer Panik ergriffen, die durch seine Verlorenheit und das verzweifelte Gefühl der Dringlichkeit noch verstärkt wurde, und er hörte sich wimmern wie ein Baby. Er biss sich auf die Lippe, schloss die Augen und dachte angestrengt nach, danach tastete er sich um den Felsen herum, indem er sich dicht an ihn drückte. Nach einer Weile machte der Fels eine

Einwärtsbiegung, und als Oliver nach oben blickte, sah er die zwei Wände der Schlucht zu dem grau verhangenen, strömenden Himmel aufragen.

Mit einem Seufzer der Erleichterung begann er auf allen vieren den steilen Pfad hinaufzukriechen. Er war schmutzig, blutig und nass, aber er hatte den Weg gefunden. Er war auf der Kuppe, und konnte er das Haus auch nicht sehen, so wusste er doch, dass es da war. Er begann zu rennen, stolperte, fiel, stand auf und rannte weiter. Dann bellte der Hund, und aus dem Nebel tauchte der Umriss des Daches auf, der Schornstein, das Licht im Fenster.

Er war an der Mauer, am Gartentor. Als er sich mit dem Riegel abmühte, ging die Haustür auf, der bellende Hund stürzte zu ihm hinaus, und da stand Ben Fox.

«Wer ist da?»

Er ging den Weg zum Haus. «Ich bin's.»

«Was ist passiert?»

Atemlos, matt vor Erleichterung, plapperte Oliver unzusammenhängend los.

«Jetzt hol erst mal tief Luft. Dann geht's schon wieder.» Ben hielt Oliver an den Schultern, hockte sich vor ihn hin, sodass ihre Augen auf gleicher Höhe waren. «Was ist passiert?»

Oliver atmete tief ein und stieß die Luft wieder

aus, dann erzählte er. Als er fertig war, ging Ben Fox zu seiner Verwunderung nicht gleich ans Werk. Er sagte: «Und du hast den Weg hier herauf gefunden?»

«Ich hab mich verlaufen. Ich hab mich andauernd verlaufen, aber dann hab ich die Schlucht gefunden, und da kannte ich mich wieder aus.»

«Braver Junge.» Er gab ihm einen kleinen Klaps, dann stand er auf. «Ich hol einen Mantel und die Kettensäge ...»

Wie er Hand in Hand mit Ben Fox ging, während der schwarzweiße Hund vor ihnen den Hügel hinabtollte, war der Abstieg zum Hof geschwind und leicht, sodass es kaum zu glauben war, dass er aufwärts so lange gebraucht hatte. Im Haus wartete Sarah auf sie. Ruhig und gefasst saß sie am Feuer und trank Tee. Sie hatte einen Koffer gepackt, der nun an der Tür stand.

«Oh, Ben.»

«Wie geht's?»

«Ganz gut. Ich hatte wieder eine Wehe. Sie kommen alle halbe Stunde.»

«Dann haben wir noch Zeit. Ich nehm mir jetzt den Baum vor, dann bring ich dich ins Krankenhaus.»

«Entschuldige, dass ich dir so viel Mühe mache.»

«Du brauchst dich nicht zu entschuldigen. Du kannst stolz auf deinen kleinen Bruder sein. Wie er mich gefunden hat, das hat er prima gemacht.» Er sah Oliver an. «Kommst du mit mir, oder bleibst du hier?»

«Ich komm mit.» Die Panik, die blutigen Hände, die aufgeschlagenen Knie, alles war vergessen. «Ich helf Ihnen.»

So arbeiteten sie gemeinsam; Ben Fox schlug das Gewirr von Zweigen und Ästen ab, die die Telefondrähte zerrissen hatten, und wenn sie herunterfielen, wuchtete Oliver sie aus dem Weg. Es war harte Arbeit, aber am Ende hatten sie eine schmale Spur zwischen der Straße und dem Flüsschen freigelegt, die breit genug für ein Auto sein müsste. Als das erledigt war, gingen sie zum Haus, holten Sarah ab und stiegen alle in Wills Wagen.

Als sie zu dem gestürzten Baum kamen, war Sarah entsetzt. «Da kommen wir nie durch.»

«Wir müssen es versuchen», sagte Ben und fuhr geradewegs auf die schmale Lücke zu. Das hatte grässliche kratzende und schrammende Geräusche zur Folge, aber sie kamen durch.

«Was wird Will sagen, wenn er sieht, was du mit seinem Wagen gemacht hast?»

«Er muss sich um wichtigere Sachen Gedanken machen. Ein Baby zum Beispiel.»

«Im Krankenhaus rechnen sie erst in zwei Wochen mit mir.»

«Das spielt keine Rolle.»

«... und Will. Ich muss Will anrufen.»

«Ich sehe zu, dass ich Will erreiche. Sei du unbesorgt und halt dich gut fest, denn jetzt rasen wir wie die Höllenhunde. Nur schade, dass wir keine Polizeisirene haben.»

Wegen des Nebels raste er nicht wie die Höllenhunde, aber auch so kamen sie recht zügig voran und fuhren bald darauf unter dem roten Ziegelbogen hindurch in den Hof des kleinen Kreiskrankenhauses.

Ben half Sarah mit ihrem Koffer aus dem Wagen. Oliver wollte mitgehen, wurde jedoch beschieden, im Auto zu warten.

Er wollte nicht allein gelassen werden. «Warum muss ich hier bleiben?»

«Tu, was man dir sagt», befahl Sarah, beugte sich zu ihm hinein und gab ihm einen Abschiedskuss. Er umarmte sie fest, und als sie fort war, lehnte er sich zurück, und ihm war zum Heulen. Nicht nur, weil er sehr müde war und weil seine Knie und Hände wieder wehtaten, sondern weil er eine nagende Angst verspürte, die sich bei näherer Prüfung als Sorge um seine Schwester erwies. War es schlimm, dass das Baby zwei Wochen zu früh kam? Würde es ihm schaden? Oliver malte sich fehlende Zehen aus, ein verdrehtes Auge. Es regnete immer noch; der Vormittag erschien ihm wie eine Ewigkeit. Er sah auf seine Uhr und stellte erstaunt fest, dass es noch nicht Mittag war. Er wünschte, Ben Fox würde zurückkommen.

Endlich erschien er. Wie er über den Hof schritt, wirkte er in dieser adretten Krankenhausumgebung vollkommen fehl am Platz. Er setzte sich ans Steuer und schlug die Tür zu. Er sprach eine ganze Weile kein Wort. Oliver fragte sich, ob er gleich erfahren würde, dass Sarah tot sei.

Er schluckte den Klumpen in seiner Kehle herunter. «Hat es – hat es Schwierigkeiten gegeben, weil sie früher gekommen ist?» Seine eigene Stimme kam ihm seltsam piepsig vor.

Ben fuhr sich mit den Fingern durch die dichten roten Haare. «Nein. Sie haben ein Bett für sie, und sie dürfte inzwischen im Kreißsaal sein. Alles ist bestens organisiert.»

«Warum waren Sie so lange weg?»

«Ich musste Will erreichen. Ich hab den Markt in Truro angerufen. Es hat eine Weile gedauert, Will zu finden, aber jetzt ist er unterwegs.»

«Ist …?» Es war unmöglich, mit dem Hinterkopf eines Menschen zu sprechen. Oliver kletterte auf den Vordersitz. «Ist es schlimm, dass das Baby zwei Wochen zu früh kommt? Es wird ihm doch nicht schaden?»

Ben sah Oliver an, und Oliver bemerkte, dass die seltsamen Augen anders aussahen, nicht mehr hart, sondern sanft wie der Himmel an einem kühlen Frühlingsmorgen. Er sagte: «Hast du Angst um sie?»

«Ein bisschen.»

«Mach dir keine Sorgen. Sie ist gesund und kräftig, und die Natur ist etwas Wunderbares.»

«Ich – ich finde die Natur schrecklich.»

Ben wartete, dass er das näher erläuterte, und mit einem Mal war es ganz leicht, sich diesem Mann anzuvertrauen, ihm Dinge zu sagen, die er niemandem, nicht einmal Will, gestanden hätte. «Sie ist grausam. Ich habe noch nie auf dem Land gelebt. Ich hab nicht gewusst, wie das ist. Das Tal und der Hof ... überall Füchse und Falken, alle töten sich gegenseitig, und gestern Morgen lag ein totes Kaninchen auf dem Weg. Und heute Nacht war der Wind so wild, und ich hab die See gehört und musste dauernd an ertrunkene Seeleute und gekenterte Schiffe denken. Warum muss das so sein? Und dann ist der Baum gestürzt, und das Baby kommt zu früh ...»

«Ich hab dir gesagt, um das Baby brauchst du dir keine Sorgen zu machen. Es ist nur ein bisschen ungeduldig, weiter nichts.»

Oliver war nicht überzeugt. «Aber woher wissen Sie das?»

«Ich weiß es eben», erwiderte Ben ruhig.

«Haben Sie mal ein Baby gehabt?»

Die Frage war herausgeplatzt, bevor er Zeit hatte zu denken. Sobald er es ausgesprochen hatte, bereute er seine Worte, denn Ben Fox drehte sich von ihm weg, und Oliver konnte nur die scharfe Kante seines Backenknochens sehen, die Falten um sein Auge, den vorspringenden Bart. Ein langes Schweigen lag zwischen ihnen, und es war, als sei der Mann weit weggegangen. Schließlich hielt Oliver es nicht mehr aus. «Hatten Sie mal eins?», hakte er nach.

«Ja», sagte Ben. Er wandte sich Oliver wieder zu. «Aber es wurde tot geboren, und meine Frau habe ich auch verloren, denn sie starb bald danach. Aber weißt du, sie war nie kräftig. Die Ärzte haben gesagt, sie darf kein Kind bekommen. Mir hätte es nichts ausgemacht. Ich hätte mich damit abgefunden, aber sie wollte es unbedingt riskieren. Sie sagte, eine Ehe ohne Kinder wäre nur eine halbe Ehe, und ich habe nachgegeben.»

«Weiß Sarah das?»

Ben Fox schüttelte den Kopf. «Nein. Hier weiß es kein Mensch. Wir haben in Bristol gewohnt. Ich war Professor für Englisch an der Universität. Aber als meine Frau gestorben war, konnte ich dort nicht mehr bleiben. Ich habe meine Arbeit an den Nagel gehängt und bin hierher gekommen.

Ich habe schon immer mit Holz gearbeitet – das war mein Hobby –, und jetzt verdiene ich mein Geld damit. Es lebt sich gut da oben auf dem Hügel, und die Leute sind nett. Sie lassen mir meine Ruhe, respektieren mein Privatleben.»

Oliver meinte: «Aber wäre es nicht leichter, Freunde zu haben? Mit Leuten zu reden?»

«Vielleicht. Eines Tages.»

«Mit mir reden Sie.»

«Wir reden miteinander.»

«Ich dachte, Sie laufen vor irgendwas weg.» Er beschloss, reinen Tisch zu machen. «Ich hab wirklich gedacht, dass Sie was zu verbergen haben, dass die Polizei hinter Ihnen her ist oder dass Sie vielleicht jemand ermordet haben. Sie sind weggelaufen.»

«Nur vor mir selbst.»

«Laufen Sie jetzt nicht mehr weg?»

«Vielleicht», sagte Ben Fox. «Vielleicht hört es jetzt auf.» Plötzlich lächelte er. Es war das erste Mal, dass Oliver ihn lächeln sah, er bekam ganz viele Fältchen um die Augen, seine Zähne waren weiß und ebenmäßig. Mit seiner riesigen Hand zauste er Olivers Haare. «Vielleicht ist es Zeit, das Weglaufen zu beenden. So wie es für dich Zeit ist, dich mit dem Leben abzufinden. Das ist nicht leicht. Es ist einfach eine lange Reihe von Herausforderungen, wie Hürden bei einem Rennen. Und ich nehme an, sie hören nicht auf, bis zu dem Tag, an dem du stirbst.»

«Ja», sagte Oliver, «so wird es wohl sein.»

Sie blieben noch ein Weilchen sitzen, in behaglichem, einmütigem Schweigen, und dann sah Ben Fox auf seine Uhr. «Was möchtest du lieber, Oliver, hier sitzen bleiben und auf Will warten oder mit mir kommen und irgendwo was essen?»

Essen war eine prima Idee. «Ein Hamburger wär nicht schlecht.»

«Find ich auch.» Er ließ den Motor an, und sie fuhren fort vom Krankenhaus, unter dem Bogen hindurch, in die Straßen der kleinen Stadt, auf der Suche nach einem geeigneten Gasthaus.

«Übrigens», meinte Oliver, «Will würde uns gar nicht hier haben wollen. Er will nur bei Sarah sein.»

«Das war gesprochen wie ein Mann», sagte Ben Fox. «Wie ein Mann.»